Love In The Fragrance...

君はジャスミン

喜多嶋 隆

角川文庫
15751

目次

口絵写真・イラスト／喜多嶋 隆

君はジャスミン、僕はミツバチ

正直に言うと、僕は、最初、彼女のことを男だと思っていたのだ。

それは、6月のはじめ。相模湾《さがみ》を渡る風にも、夏の柔らかさが感じられるようになった頃だ。

湘南。葉山マリーナ。

ヨットやボートがずらりと並んでいるハーバー・ヤード。そのすみに、船の整備をするメンテナンス・ガレージがある。

シャッターを開き、陽の射し込むガレージで、僕は船外機の修理をしていた。

6月とはいえ、陽射しは強かった。今年は、夏のくるのが早いようだ。僕は、額《ひたい》に汗を浮かべ、船外機のプラグからカーボンを削りとっていた。そのとき、

「おう、ケンジ」

という声がした。(僕の名前は木村健次《けんじ》という)。ガレージの事務所から、タメさんが出

てきたのが見えた。タメさんは、溜井《ためい》という珍しい苗字《みようじ》なので、ここではタメさんとか、タメちゃんとか呼ばれている。

タメさんは、もう30歳代の後半。メカニックとしては、僕などよりずっと先輩だ。

「やっと、援軍がくるそうだ」

とタメさん。ファックス用紙らしい紙きれを持ってきた。僕はちらりと見る。それは、新しいスタッフについての資料らしかった。

「やっとですか」

と僕は言った。

このマリーナには、100艇をこすヨットと、60艇をこすエンジン・ボートがある。それだけの船があるのに、メンテナンスをするスタッフは、いま現在、主任のタメさんと僕の2人なのだ。

しかも、いまは、一番忙しい時期だ。

ほかのマリーナでも同じだと思うけれど、冬場は、オーナーたちが船に乗る回数がぐっと減る。中には、何ヵ月もの間、一度もマリーナにこないボートオーナーもいる。

そんなオーナーたちも、4月末から5月はじめの大型連休になると、どっと、やってくる。自分の船を海に出しはじめる。

けれど、そこで問題が起きる。何ヵ月も放っておいた船を、急に走らせようとしても、なかなか、すんなりとはいかない。クルマと似たようなものだ。ファンベルトが切れることもある。バッテリーが上がっていたなどというのは、ざらにある。ステアリングが潮でかたまって、廻《まわ》らなくなったということも起きたりする。

そんな、さまざまな故障が、この時期から起こりはじめる。あっちの船でも、こっちの船でも……。

メカニックのスタッフは、そういうトラブルの解決に追われはじめる。しかも、もう1人いたメカニックが、仕事中にハシゴから落ちて骨折をしてしまったのだ。

タメさんと僕は、連日、汗だくになって仕事をこなしていた。けれど、押し寄せるトラブルをさばくのは難しくなってきている。

3週間ほど前から、タメさんは本社に、スタッフの補充を頼んでいた。そのかいがあって、やっと、メカニックのスタッフが1人、くることになったらしい。

僕は、作業する手を止め、タメさんが持っているファックス用紙を、横目で見た。

履歴書の一部らしいのと、走り書きのようなメモが、1枚のファックスの中にあった。スタッフの名前は、林浩紀《ひろき》。東京生まれ。瀬戸内海の尾道《おのみち》にある有名な海技学院で、マリン整備士の資格をとっている。その翌年に入社し、最近では横浜にあるサービス・センターに勤務していた。

「お前と同じ年齢《とし》だな」

タメさんが言った。生年月日を見た。確かに、僕と同じ24歳だ。

そこには、小さめの写真もあった。ファックスなので、やたらコントラストが強くなっている。けれど、顔つきはわかった。やや細面《ほそおもて》。髪は短めだが、前髪の一部が、額にかかっている。

「ちょっと、いい男じゃないか」

とタメさんが冗談半分の口調で言った。僕は、苦笑い。

「ルックスより、腕がよけりゃいいんですけどね」

と言った。自分のことを棚《たな》に上げていえば、24歳じゃ、マリン整備士としての経験が豊富というわけではないだろう。へたに新米《しんまい》がきたりしたら、かえって足手まといになる。

「まあ、明後日《あさって》くるっていうから、腕はすぐにわかるさ。それで、ちょっと用事だ。この林君の部屋を見つけなきゃならん」

とタメさん。ファックス用紙の片すみを指さした。そこには、走り書きがあった。たぶん、本社の人間が書いたのだろう。

その内容は、簡単にいえばこうだ。東京に家があるこの新人のために、部屋を用意してくれ。できればマリーナの近く。1《ワン》ルームでいい。そんな内容だ。だいたいの家賃も書かれていた。それは、贅沢《ぜいたく》をいわなければ、葉山町内で部屋が借りられる金額だった。

「お前の友達で不動産屋がいただろう。きいてみてくれ」

タメさんが言った。確かに、中学時代からの同級生が、近くで不動産屋をやっている。というより、家業の不動産屋を手伝っているのだ。

ひと仕事終えた僕は、事務所に入る。浜口という、不動産屋の息子に電話をかけた。不動産屋の番号にかけると、やつが出た。どうやら、家業の手伝いは、きちんとやっているらしい。

僕は、ごく簡単に事情を話した。きき終わった浜口は、

「お客さん、運がいい」

と、半ばふざけた口調で言った。やつとは、月に1、2回は飲みにいくつき合いなのだ。

浜口は、ちょうどいい部屋があると言った。〈ほら、森戸《もりと》ハイツ〉ときいただけで、僕

にはわかった。

葉山マリーナのとなりは、森戸海岸だ。かなり長い砂浜が続いている。その森戸海岸の、葉山マリーナ寄り。砂浜から一段高いところに、〈森戸ハイツ〉がある。

アパートといってしまうには、やや洒落《しゃれ》ている。けれど、マンションというほど立派ではない。軽量コンクリートの二階建て。部屋は、シンプルなワン・ルームだ。以前、横須《よこす》賀《か》に住んでいてウインド・サーフィンが好きだった友達が、そこの一室を借りていた。僕も何回か、遊びにいったことがある。

あそこなら、マリーナには近い。歩いて4、5分だろう。部屋も、フローリングの床《ゆか》で、全体に小ざっぱりしている。

その〈森戸ハイツ〉のひと部屋が、先月あいたという。浜口に家賃をきくと、ファックスできていた金額に近かった。もちろん、そこに住むかどうか、決めるのは本人だけれど、とりあえず押さえといてくれと僕は言った。

そして、2日後。

朝9時ジャスト。事務所のガラス扉が、ガラガラと横に開いた。僕とタメさんは、同時にそっちを見た。パソコンで、ある船のメンテナンス記録を見ていたタメさんが、

「あの、何か?」

と、きいた。入り口に立っていたのは、若い女だった。チェックの半袖《はんそで》シャツを着て、ジーンズをはいていた。デイパックを肩にかけている。ボートオーナーの娘か何かだろうか……。ところが、彼女は、

「林浩紀です。このサービス・センターで仕事をすることになった……」

と言った。タメさんも僕も、あっけにとられていた。あっけにとられたまま、10秒ぐらい彼女を見ていた。

そうか……。新しいスタッフの林浩紀が男だとは、あのファックスには書いてなかった。〈浩紀〉という名前。そして写真を見て、タメさんも僕も、〈林浩紀〉が男だと、勝手に思い込んでいたのだ。

それに、僕の短い経験で、女性メカニックに出会っていなかったこともある。けれど、それは、ありえないことではない。

「あんた……いや、君が、林君……」

とタメさん。彼女は、微笑し、うなずいた。そして、

「もしかして、わたしのこと、男性メカニックだと思ってました?」

と言った。タメさんは、

「あ、ああ……」

と言った。彼女は、うなずく。

「よく間違われるんです。名前が名前だから」

微笑したまま彼女は言った。

僕は、あらためて彼女を見た。ショートカットの髪。前髪がパラリと額にかかっている。やや細面で、整った卵形の顔。まつ毛が長い。ヘアスタイルから、ボーイッシュな感じはするけれど、どう見ても、女だった。

タメさんが、苦笑い。デスクにあるファックスを手にして、

「しかも、これじゃ、男だと思うよね」

と言った。それを彼女に見せた。もともと履歴書用の写真で、表情は硬い。さらに、ファックスなので、やけにコントラストが強い。それを見た彼女は、白い歯を見せ、笑顔で、

「はいはい、わかります」

と言った。そのときだった。若いハーバー・スタッフの山口君が、事務所に早足で入ってきた。

「ちょっと!」

と言った。走ってきたらしく息を切らしている。

「シー・ドラゴンのエンジンがかからなくて！」

僕とタメさんは、とりあえずの工具を持つ。急いで事務所を出る。彼女も、ついてくる。

僕らは、ハーバー・ヤードを横切って早足で歩く。〈シー・ドラゴン〉は、僕が担当しているエンジン・ボートだ。そのオーナーの竹内さんは、短気な性格なのだ。

先週、竹内さんから電話があり、〈来週、船を出したいから、点検と整備をしといてくれ〉と言われた。僕は、ひと通りの点検をした。バッテリーのチャージもしておいたのに……。

僕らは、クレーンのところに着いた。

このマリーナで陸に置かれている船は、太いベルトで吊《つ》り、クレーンで海におろすのだ。〈シー・ドラゴン〉は、ベルトで海におろされていた。22フィートの船外機艇。誰もが〈モーターボート〉という言葉で思いうかべるタイプのボートだ。

その上に、竹内さんがいた。僕の顔を見ると、

「エンジンが、うんともすんともかからないぜ！」

と言った。その顔が、すでに怒っている。僕は、急いでボートに乗り移った。イグニッション・キーをひねる。が、スターターは廻らない。

何人かのハーバー・スタッフが、心配そうな表情で見守っている。何かの原因で、バッテリーが上がってしまったのだろうか……。僕は、工具箱から、電圧計をとり出した。バッテリーの端子に、電圧計を当ててみる。が、電圧は、ちゃんと12ボルト以上ある。とすると、スターターだろうか……。僕が考えていると、

「ちゃんと整備しとけって言ったのに」

と竹内さん。もろに怒りをふくんだ口調で言った。そのときだった。

「あの……」

という声がした。僕は、そっちを見た。すぐそばの浮き桟橋《ポンツーン》にいる彼女だった。なんだよ、こんなときに……という表情で、僕は彼女を見た。彼女は、ほかの人にわからないように手招きをしている。

しょうがない。僕は、彼女のいるポンツーンに上がった。

「なんだよ」

「あの、クラッチが中立になってないと思うわ」

彼女が、小声でそっと言った。〈え?〉と思い、僕はボートの操船席を見た。そして、今度は〈あっ〉と、心の中で叫んでいた。彼女が言ったとおりだった。クラッチ・レバーが、〈中立〉の位置から、少しずれている。

オートマチックのクルマだと、P（パーキング）の位置にシフト・レバーを入れておかないとエンジンはかからない。

船の場合、クルマでいうPやN（ニュートラル）のことを〈中立〉という。つまり、ギアがつながっていない状態だ。その〈中立〉にしておかないと、イグニッション・キーをひねっても、スターターは廻らない。

僕は、ボートに戻った。クラッチ・レバーを少し動かす。カチッという手ごたえ。レバーが中立に入った。僕は、イグニッション・キーをひねった。スターターが元気よく廻り、エンジンがかかった。船外機が、かん高い音をたてはじめた。

竹内さんが、驚いた表情をしている。僕はクラッチ・レバーに手を置く。

「こいつが中立に入ってませんでした。出航の準備をしてるときに、動かしちゃったんじゃないですか？」

と言った。この状況は、あきらかに、ボートオーナーのミスだ。

「あ、ああ……。そうかもしれんな」

と竹内さん。口ごもりながら言った。頭をかきながら、

「……とにかく、ありがとう」

と言った。僕は、

「お気をつけて」

と言った。ボートからポンツーンに上がった。

「彼女にメシでもおごらなきゃな」

タメさんが、ニヤニヤしながら僕に言った。僕らは、クレーンのところからサービス・センターに戻るところだった。僕は、うなずいた。並んで歩いている彼女に、

「助かったよ」

と言った。確かに、彼女のおかげで、なんとかなったのだ。オーナーの竹内さんが怒っているので、僕は動揺していた。まさか、シフトが中立に入っていなかったとは思わなかった。船のエンジンがかからない場合、まず最初にチェックすべきところなのに……。

「でも……あれって、よくあるじゃないですか。わたしも、自分で船のエンジンをかけようとして、かからなくて……。いろいろやってて気がついたら、中立に入ってなかったって何回もあったわ」

と彼女が言ってくれた。僕は、ほっとした。また、彼女に救われた気がした。

とりあえず、彼女と僕は、歩いて〈森戸ハイツ〉にいった。

連絡しておいたので、浜口は、もうきていた。2階の端の204号室。ドアを開けて待っていた。浜口は、僕が連れているのが女なので、少し意外そうな表情をした。けれど、そこは不動産屋らしい口調で、

「まあ、どうぞ」

と言った。

部屋に入った彼女は、

「わあ……」

と言った。部屋からベランダに出るガラス戸は開けられていた。ベランダの向こうには、海がひろがっていた。彼女は、あまり広くないベランダに出る。海を眺めている。僕は、部屋を見回した。もちろん、ガランとしている。フローリングの床も、キッチンも、きれいに磨かれていた。

「前に住んでたのも女の人だったんだ。だから、きれいに使ってるよ」

と浜口が言った。

ほとんど迷わず、彼女は、その部屋に決めた。正式な契約は2日後になった。とりあえず、手つけ金だけうけ取ると、浜口は帰っていった。

彼女は、またベランダに出た。前にひろがっている海を眺める。海には、大学のヨット部らしいディンギーの白い帆《セイル》が、いくつか、動いているのが見えた。彼女は、深呼吸。

「やっぱり、海のそばって、いいわ……」

と、つぶやいた。

「横浜でも、海がそばだったんじゃないか？」

と僕は言った。彼女がこの前まで働いていたサービス・センターは、横浜のマリーナのそばにあったはずだ。

「でも……東京湾とこっちじゃ風景が違うわよ」

と、苦笑しながら彼女は言った。

こうして、彼女は、うちのサービス・センターのスタッフになった。

毎朝、〈森戸ハイツ〉から歩いてやってくる。事務所の奥にある更衣室で、明るいブルーのツナギに着替える。そして、テキパキと仕事をはじめる。

そうして、約2週間。認めるのはちょっと癪《しゃく》だけれど、彼女は、かなり腕のいいマリン整備士だと感じるようになっていた。

とりあえず、僕より、いろいろな経験をしているようだった。

たとえば、こんなことがあった。〈ペガサス〉という35フィートのクルーザーがある。その大きさなので、ギャレイ、つまりキッチンがある。そのシンクからは、船の外へ水を排出するようになっていた。そのオーナーから、シンクの水が流れない、パイプがつまっていると言われた。なんとかしてくれと頼まれた。

僕と彼女は、そのギャレイを見にいった。シンクからは、あまり太くないパイプで、水を外へ排出するようになっていた。そのパイプのどこかがつまっているらしい。

僕は、シンクから、パイプの中をのぞき込んでいた。途中で何がつまっているのだろうか……。

僕が上からパイプをのぞいていると、船の外から、彼女の呼ぶ声がした。僕がキャビンを出ると、彼女が船体のわきにいた。

「わかった。こっちよ」

と言った。僕は、船のデッキからおりていった。

彼女はもう、長めのドライバーを持っていた。それを、船体のわきにある水の排出口に突っ込んでいた。彼女がドライバーを動かすと、何かがボロボロと出てきた。

「これ……」

僕がつぶやくと、

「ハチの巣よ」

と彼女が言った。彼女は、手を動かしながら説明した。陸に置いてある船だと、ときたま、こういうことがあるという。船体にある排水口などに、ハチが巣をつくってしまう。その巣がもう用済みになっても、巣は残る。そして、排水口などがつまる。

「これも、その典型ね」

彼女は言った。そして、ふり向いた。

「あっちから、ハチがきたのね」

と言った。確かに、マリーナから細いバス通りをへだてて、向こうは山だ。彼女は、さらにドライバーを動かす。ハチの巣の残骸《ざんがい》がボロボロと出てくる。やがて、パイプにたまっていた水が排水口から流れ出しはじめた。

僕は、かなり感心していた。

「あのさ……素朴な質問なんだけど」

僕は、スポーツドリンクのキャップを開けながら、

「なんで、この仕事に入ろうと思ったわけ？」

と彼女にきいた。

彼女がここで仕事をはじめて、もう3週間目。おたがい、かなりうちとけてきていた。僕は彼女を〈ヒロキ〉と呼び、彼女は僕を〈ケンちゃん〉と呼ぶようになっていた。そんな、ある夕方……。仕事を終えた僕とヒロキは、ハーバー事務所の2階にあるテラスにいた。マリーナの外の海を望むテラス。そこで、冷たいスポーツドリンクを飲みはじめたところだった。

「この仕事に入った理由は、すごくわかりやすいの」

とヒロキ。スポーツドリンクのボトルに口をつけた。

「高校2年の夏休みに、ハワイにホームステイしたの。英会話の勉強ってことだったんだけど、高校生だから、半分は遊び気分でもあったわ……。ホノルル郊外の家に、約1ヵ月、お世話になったの」

と話しはじめた。

ホームステイ先の家には、スーザンという同じ年齢《とし》の娘がいたという。

ある日、スーザンとヒロキは、海にシュノーケリングにいった。観光客用のシュノーケリング・ツアーで、ホノルルの沖に出ていったらしい。

「20人ぐらい乗れるボートにお客がいっぱい乗って、沖まで出たんだけど、その途中で、何かブザーが鳴って、舵《かじ》を握ってたハワイアンのおじさんは、ボートを止めちゃったの」

とヒロキ。

「いま思い返せば、オーバー・ヒートを警告するブザーが鳴ったらしかったわ。で、舵を握ってたおじさんは、無線を使って何か連絡してた……。たぶん、レスキューを要請してたんだと思う」

そして5分もたたないうちに、小型でスピードの速いレスキュー艇が走ってくるのが見えた。あっという間に、ヒロキたちが乗っていた船に横づけした。

「そのレスキュー艇から、1人の女性が乗り移ってきたの。30歳ぐらいの白人だった。彼女は、船のおじさんから簡単に話をきくと、うなずいて、テキパキとした動作で船のエンジン・ルームに入っていったわ」

それから、10分ぐらいで彼女はエンジン・ルームから出てきた。そして、おじさんに〈大丈夫よ〉と言った。

「たぶん、海水をとり入れる冷却水系統のどこかに、ちょっとしたトラブルがあったのね」

とヒロキ。僕は、うなずいた。船では、海水をとり入れてエンジンを冷却するのだ。

そのトラブルを解決した女性メカニックは、きたときと同じように、さっとレスキュー艇に乗り移った。そして、走り去っていったという。

「そのときの彼女のかっこ良さといったらなかった……。動作はテキパキしてるのに、同時に落ち着きと自信を感じさせるっていうか……まあ、そんな感じ」

白い歯を見せ、ヒロキは言った。僕はまたうなずき、

「それが、きっかけ？」

と、きいた。彼女は、うなずき、

「バカみたいに単純なきっかけだけど、単純なだけに、インパクトが強かったみたい」

と言った。

「もともとバレーボールをやってたから、大人になっても、体を動かす仕事につきたかったのね。だから、高校を卒業したら、すぐにマリン整備士の勉強をして、資格をとって、この仕事に入ったの」

と彼女。それから、いくつかボート・メンテナンスの現場を経験してきたという。

「女だと珍しがられなかったか？」

僕は、ごく自然にきいていた。彼女は、ちょっと苦笑い。

「まわりは、わたしを女だと思ってなかったみたい。わたし自身も、女だからって差別や区別されるのがいやだったから、男の人なみに仕事をしてきたし、勉強もしてきたから……

…」

と言った。

なるほどな……と僕は思った。確かに、すごい力仕事を別にすれば、彼女は男のメカニックなみに仕事ができる。ボーイッシュなショートカットで、しゃべり方も、さばさばしている。

それは、半分は彼女の資質であり、あとの半分は、彼女自身が意識して選んだものなんだろう。まわりのほとんどが男、という世界で仕事をしていくために……。

僕は、ぼんやりと、そんなことを考えながら海を眺めていた。柚子《ゆず》の色に染まっている夕暮れの海。どこかのマリーナに帰港するらしいヨットが、細く長い航跡を曳《ひ》いて走っていく。


7月の第2週だった。

水曜日の昼下がり。ひと息ついた僕は、1艇のボートのそばにいた。船台に載ってハーバー・ヤードに置いてあるボート。そのすぐそばに立ち、下から眺めていた。そのとき、

「何してるの？」

という声。ヒロキだった。彼女も、ひと仕事終えたところらしかった。ウェスで手をふいている。

僕が眺めているのは、つい1週間前、このマリーナにやってきた船だった。29フィートのエンジン・ボート。アメリカ製のものだ。アメリカ東海岸、サウス・カロライナで造船されたボートだった。そのボートの船体は、日本製の船にはない独特の曲線を持っていた。

僕は、その曲線を見つめたまま、

「カロライナ・フレアー」

と言った。アメリカ東海岸でつくられ続けてきたその形は、〈カロライナ・フレアー〉と呼ばれている。ヒロキも、その船体の曲線を見ながら、うなずいた。そして、

「船が好きなの？」

と、ちょっと確認するような口調で、きいた。船が嫌いでこの仕事をやっている人間は少ないと思うけれど、

「……まあね」

と僕は答えた。

僕は、ここ葉山で生まれ育った。

海岸町で育った子供らしく、小さな頃から釣りが好きだった。

はじめは、防波堤や突堤で仲間と釣りをしていた。クサフグ、海タナゴ、シコイワシな

どを釣っていた。

中学2年の初夏だった。友達の家の裏庭で、小船を見つけたのだ。それは、船と呼ぶには、見すぼらし過ぎたかもしれない。3人乗るのがやっとの、FRPの手漕《こ》ぎボートだ。薄汚れ、傷だらけだった。夏草の中に、捨てられていた。

友達にきくと、それは、昔、父親が買ったものらしい。最初は、それで釣りをしていた父親も、趣味がゴルフに移ってしまった。ボートは庭のすみに放置されたという。

僕らは、目を輝かせた。このボートを復元すれば、海に出られる。そうなれば、釣れる魚の種類や数も、ぐっとふえる……。

迷うまでもなく、僕らは、ボートの修理をはじめた。汚れを落とし、ヒビ割れや傷は、FRP用のパテなどを使い、ていねいに修理していった。

そして、9月の中旬。ボートは海に浮かんだ。僕らは、オールを漕いで、一色《いっしき》海岸の砂浜をはなれた。ゆっくりと一色の沖へ出ていった。

といっても、ほんの200メートルぐらい沖だ。そこで、釣りをはじめた。

すぐに当たりがきた。主に白ギス、メゴチ、カワハギなど、岸壁ではあまり釣れない魚が面白いように釣れた。僕らは、夢中になってリールを巻いていた。

そんな釣りをしながら、僕らは、つぎの計画をたてはじめていた。それは、このボートに船外機をつけられないかという計画だった。

もし船外機をつけられれば、ボートの行動範囲はぐっと広くなる。ポイントへの行き帰りも楽になる。僕らは、中古の船外機を買うための貯金をはじめた。

小型の船外機とはいえ、エンジンつきのボートを動かすには、船舶免許が必要だ。小型船舶の免許は、16歳からとれる。

16歳になる1ヵ月前、僕は小型船舶免許の受験をし、16歳の誕生日に免許を手にした。すでに、中古の船外機を探しはじめていた。

もともと、オールで漕ぐためのボートだから、必要以上に大きなエンジンをつけたら、バランスが悪くなり過ぎる。それに、たいしたスピードを出す必要もない。そんな条件で、僕らは中古の船外機を探しはじめた。

その頃、僕はすでに、船とエンジンのバランスについて考えはじめていたのだ。このボートに装備するなら、何馬力の船外機が適しているか……。

やがて、手頃な値段で、4馬力の中古エンジンが見つかった。僕らは、ボートにそれをつけ、海にのり出した。僕が予想していたとおり、僕らのボートに、4馬力のエンジンはちょうどつり合っていた。

僕は、自分の見たてが当たったことに満足していた。

その頃からだ。釣り好きは変わらないけれど、僕は船そのものに興味を持つようになっていた。

その半年後だった。兄貴の知人に、27フィートのボートを持っている人がいることがわかった。そして、もしよかったら、乗りにきていいよと言ってくれていた。

高校3年の夏。僕は、その人のボートに何回か乗せてもらった。27フィートにディーゼル・エンジンをのせたその船は、僕の前に新しい世界を見せてくれた。

その船で走り回ったり、整備の手伝いをしたりしているうち、僕は、さらに、船というものに惹《ひ》かれていくのを感じていた。それは、船を走らせるというより、自分で船を設計して、造るという方向への興味だった。

いずれは、自分で船の設計をし、造る、そんな仕事につきたいと思うようになっていた。

その思いは、日を追うようにしたがって強くなっていった。

親に説得されて、いちおう大学には進学した。けれど、2年生の秋に中退してしまった。船の世界に入ることを決めたのだ。

船を世の中に送り出している大手のメーカーに入るという選択肢もあった。けれど、僕は、その方向には舵を切らなかった。まず、メンテナンスをしながら、さまざまな船と出合ってみたいと思った。

だから、マリン整備士の資格をとったあと、タメさんに頼み込んで、このサービス・センターに入れてもらったのだ。ここで仕事をはじめて、そろそろ4年になろうとしていた。

そんなことを、僕は、サラリと話した。

「へえ……。じゃ、いずれは船造りを？」

とヒロキ。

「まあ……いずれは、だけど……」

僕は、つとめてさりげなく言った。自分の目標を、〈夢〉などという言葉で語ることには少し気恥ずかしさを感じるのだろう。

けれど、自分の目標について話していながら、ヒロキが僕の顔を見つめているのを感じていた。話し終わったあと、僕を見る彼女の目が、少し変わったように感じた。単なる僕の思い過ごしかもしれないけれど……。

それは、7月の終わりだった。

梅雨《つゆ》があけた。暑い日が続きはじめた。そんな、ある水曜の午後のことだった。

その日も、朝から暑かった。僕もヒロキも、昼頃には、ツナギを着替えていた。

僕らは、夏の間、毎朝、洗濯したツナギを2枚持ってマリーナにやってくる。コンクリートのハーバー・ヤードは暑い。仕事をはじめると、すぐに汗をかきはじめる。ツナギの下に着ている下着は、すぐ、ぐっしょりになる。そして、その外に着ているツナギも、汗がしみてくる。

そんなわけで、毎日、2着は、ツナギが必要なのだ。

その日も、昼頃に、下着もツナギも着替えた。午後の仕事をはじめた。けれど、仕事をはじめて1時間もすると、下に着ているTシャツは、汗まみれになってしまった。

午後の2時半頃だった。

僕とヒロキは、〈アクア〉という船のメンテナンスをはじめていた。〈アクア〉は、48フィートのエンジン・ボート。

きのう、海を走っていたら、急に水温計の針がはね上がったという。オーバー・ヒートの危険を感じたボートオーナーは、そのエンジンの回転をアイドリングまで下げ、マリーナに帰ってきた。

僕とヒロキは、なぜ、急に水温計の針が高温をさしたのか、調べはじめた。

船の冷却水の温度が急に高くなる、その原因は、いくつも考えられる。僕らは、船のエンジン・ルームに入る。原因を調べはじめた。

船のエンジン・ルームというのは、基本的に広くない。僕とヒロキは、肩と肩をふれ合わせるようにして作業をしていた。はじめて15分。

「水温センサーには異常がないみたいね」

と彼女が言った。僕は、彼女の方を向いた。そのとき、あの香りが、僕の鼻先をかすめた。花の香りのようだった。甘いけれど、どこか爽《さわ》やかさも感じさせる、そんな香りだった。

僕が、じっと彼女の方を見ているので、

「うん？」

と彼女がきいた。〈どうかしたの？〉という感じだった。

「なんか、いい匂い……」

僕は、つぶやくように言った。2、3秒すると、彼女は、うなずき、

「……ああ、コロンね。これは、ジャスミンの香り」

と言った。そして、

「汗をかく季節になってからは、毎日つけてるわよ。これでも女ですからね」

と、微笑しながらつけ加えた。

僕は、うなずいた。汗をかく仕事をしている彼女がオーデコロンをつけるのは、当然だろう。けれど、いままで、それに気づいていなかった。その理由も、だいたいわかった。

彼女は、そのコロンを、それほど強く香るようには、つけていなかった。だから、毎日一緒に仕事をしていても、気づかなかったのだろう。

たまたま、きょう、2人で船のエンジン・ルームに入った。その狭い空間で、初めて彼女のつけている香りに気づいたらしい。

「……ジャスミンか……」

と僕。彼女が、また、うなずく。

「香り、きつくない？」

「いや、全然」

首を横に振りながら、僕は言った。それは本心だった。コロンについての話題は、そこで終わった。


そのとき、スイッチが入った。まるで、パチッとスイッチが入ったようだった。僕は、彼女を、一人の女として意識しはじめたのだ。

正直に言うと、こうだろう。

それまでも、彼女を女として見ていなかったといったら嘘になる。けれど、僕にとっての彼女は、女である以前に、仕事場の同僚だった。それも、男なみに仕事ができるプロだ。

そのために、僕が自分自身に言いきかせていたのだろう。〈林浩紀は、何よりも、まず同僚なのだ〉と……。そして、彼女を女として意識するスイッチを、OFFにしていたのだ。

ところが、あのジャスミンの香りが、そのスイッチをONにしてしまった。

不思議なものだ。そうなると、彼女が持つ女の部分が、いやおうなく目についてくる。

彼女は、もともと整った卵形の顔をしている。それが、ショートカットの髪形によって、より女っぽく感じられるようになった。

さらに体つき……。

彼女は、ツナギを着て仕事をしている。ツナギなんて、考えようによっては、単なる作業着だ。ところが、彼女が身につけると、それが変わる。

うちのユニフォームのツナギは、ウエスト、つまりヘソの位置ぐらいに、ゆるくゴムが入っている。よぶんなたるみを持たせないためだ。

それを男が着ると、体型からして、ずん胴なシルエットになる。ところが、彼女が身につけると、変わる。ウエストのくびれが、やたら目立つ。そして、その下に続く腰の丸みが、強調されるのだ。たぶん彼女は、ごく普通に、女らしい体つきをしているのだろう。

もっとも、そのあたりのことは、〈スイッチがONになってしまった〉あのときから、意識しはじめたことなのだけれど……。

こんなことがあった。

スイッチが入ってしまって1週間ほどした頃だった。暑い日の午後だった。平日なので、マリーナはガランとしていた。

ハーバー・ヤードを歩いていた僕は、ふと足を止めた。並んでいるヨットとヨットの間に、彼女がいた。彼女は、こちらに背を向け、しゃがみ込んでいた。地面に置いた何かの工具を片づけている様子だった。

その、しゃがんでいる彼女のヒップに、思わず目がいってしまった。ツナギの生地が、ピンと張っているので、ウエストからヒップにかけての線が、くっきりとわかる。ハート形を上下さかさまにしたようなヒップの形とボリュームに、僕の目は、くぎづけになっていた。

息苦しさを感じたのは、暑さのせいではないだろう。

どのぐらい、そうしていただろう。5秒か、10秒か、20秒か……。

やがて、歩いてくるハーバー・スタッフの姿が見えた。僕は、早足でその場をはなれた。けれど、その日は、仕事が手につかなかった。

「サカリがついてしまったようだね、木村君」

と浜口。ジン・トニック片手に、からかうときに独特の口調で言った。やつが僕を冷やかすときは、わざと苗字の〈木村〉で呼ぶのだ。

僕と浜口は、葉山町内にある〈タコ壺《つぼ》亭〉という店で飲んでいた。店の名前はふざけているが、食べ物はうまい。アルコール類の種類も多い。

僕が店に入ると、浜口のやつは、もう飲みはじめていた。そして、

「よお、恋する木村君」

と言った。

きけば、何日か前に、僕とヒロキの姿を見かけたという。

マリーナのハーバー・ヤードの周囲には、金網《フェンス》が張られている。そのフェンスの外側には、一方通行の道路が通っている。その日、浜口は、クルマでその道路をゆっくりと走っていたらしい。そのとき、フェンスごしに、ハーバー・ヤードにいる僕とヒロキを見かけたという。僕とヒロキは、あいている船台に腰かけて何か話していたらしい。それも、ひどく楽しげに……。確かに、何日か前に、そんなことがあったかもしれない。僕と彼女の距離は、このところ、確実に近づいている。

「あのときのお前の目は、完全に恋しちゃった男の子だったね」

と浜口。僕の返事も待たず、

「もともと、〈森戸ハイツ〉に彼女を案内したあの日から、予想はしてたんだけどね」

と言った。僕は、とりあえず生ビールを注文した。

「あのときから？」

「ああ……。こうなるような気がしてたな」

「どうして」

「だって、あの彼女は、お前が好きになるタイプなんだよ。中学のときからずっと通してね」

浜口は言った。

僕と浜口は、同じ中学と高校に通っていた。ずっと共学だった。だから、気になる女の子の話なども、よくしたものだった。

「ガキだったあの頃から、お前の好みは、少し変わってたよ。みんながいいっていう子には、あまり興味を持ってなかった。そう思わないか？」

浜口は言った。僕は、生ビールをぐいと飲んだ。よく冷えたビールを飲みながら、そうかもしれないと思った。

中学生あたりになると、男女ともに色気づく。女の子の中にも、その年齢《とし》なりに〈女〉を感じさせる子がいる。男の子たちは、たいてい、そういう子たちを気にし、話題にしたものだ。そして、話題にされる女の子は、そのことを意識する。自分が、男の子たちから、女として見られていることを意識するものだ。

けれど、僕は、そういう女の子にはあまり興味を持たなかった。どちらかというと、バレー部やバスケット部で汗をかいているような子を見ていた。そんな中で、かわいい子がいると気になったりしたものだ。

あれは、僕も浜口も中3のときだった。

葉山町内の森戸神社でお祭りがあり、縁日もにぎやかだった。僕と浜口は、夕方、縁日をぶらぶらとしていた。

そこで、同級生の女の子と出会ったのだ。佐伯洋子《さえきようこ》という子で、バスケット部に入っていた。日頃は、汗まみれでボールを追っている姿ばかりを見ていた。けれど、彼女がなかなかきれいな顔立ちをしているのに、僕は気づいていた。つまり、かなり気になっていたのだ。

縁日でばったり会った彼女は、日頃とはイメージが違っていた。バスケの練習中は、汗をかき、べったりとおでこにへばりついていた髪は、絹糸のようにサラリとしている。前髪は眉《まゆ》にかかるあたりで切りそろえられ、後ろは、肩にかかっていた。たそがれの風に揺れていた。

うっすらと、ピンクのリップクリームらしいものをつけていた。何か英文が小さくプリントされているしゃれたTシャツを着ていた。まっ白な膝《ひざ》たけのパンツをはいていた。

彼女と向かい合った僕は、完全に舞い上がっていた。野暮ったい制服とバスケの練習姿しか見たことがなかったのだから、当然かもしれないけれど……。

そのとき、彼女とどんな話をしたか、まったく覚えていない。彼女も女友達と一緒だったので、ちょっと話し、〈じゃ〉と言って別れた。縁日の人ごみにまぎれていく彼女の後ろ姿を、僕はじっと見つめていた。そんな僕を、浜口が見ていたのだ。

その1時間後。森戸海岸の砂浜。浜口が、自宅の冷蔵庫から盗み出してきた缶ビールを僕らは飲んでいた。

「そうか……。木村は、サエキがタイプだったんだ」

と浜口。僕は、缶ビール片手に、うなずいた。ビールの酔いもあって、以前から佐伯洋子が気になっていたことを話した。浜口も、うなずく。

「確かに、さっきは、おれもかなり驚いたよ。これがあのサエキかって……」

と言った。僕らは、それからしばらく、彼女についてしゃべった。背伸びして飲んだビールの味はかなり苦かったけれど、僕の心は火照《ほて》っていた。

「あの頃から、変わってないんだよ、お前は」

浜口が、2杯目のジン・トニックに口をつけて言った。僕も、生ビールを飲み干し、レモンハイをオーダーした。

「ぱっと見、派手で、女っぽいのには、あまり反応しないんだよな。一見は地味だけど、よくよく見るとけっこういいじゃないかっていう女が、お前のタイプなんだな」

と浜口。

「だから、初めて彼女を〈森戸ハイツ〉に案内したとき、ピンときたよ。彼女は、もろにそういうタイプだったからな。いずれ、お前が惚《ほ》れちゃいそうな気はしてたんだ」

と言った。僕は、目の前に出てきたレモンハイを、ぐいと飲んだ。ジンダ、つまり豆鰺《アジ》の唐揚《からあげ》を注文した。

「へえ……ジャスミンねえ……」

浜口が、グラス片手につぶやいた。僕も、同じように、グラスを手にうなずいた。僕らは、もう、かなり飲んでいた。

隠す必要もない。僕は、ヒロキとのことを、ぽつりぽつりと浜口に話していた。最初は、できるだけ、女として意識せず、1人の同僚として接しようとしていた。それがある日、彼女がつけていたジャスミンの香りで、一変してしまった。そのあたりのことを、僕は適当に省略しながら浜口に話した。

「うーん……彼女はジャスミンか……」

と浜口は腕組み。そして、

「彼女がジャスミンだとすると、お前は、その香りにひかれてきたハチだな。ミツバチってことだ」

と言ってケタケタと笑った。おネエさん、ジン・トニックもう1杯！　と叫んだ。

浜口の言ったセリフが頭に残っていたのか、その夜、おかしな夢を見た。自分が花畑の上を飛んでいるのだ。まるで、ハチになったように……。ただし、ジャスミンがどんな色をしているのか知らないので、花畑はまっ黄色。これはたぶん、菜の花だろう。僕は、菜の花畑の上を、ふらふらと飛び続け……。

ベッドで起き上がると、びっしょりと汗をかいていた。午前5時だった。僕は、家の風《ふ》呂場《ろば》にいき、水シャワーを浴び続けた。

それは、8月の中旬だった。

仕事のあい間、ヒロキからきかれた。今夜、女友達と飲み食いしにいきたいのだけれど、いい店を知らないかという相談だった。

きけば、こうだ。以前に仕事をしていたマリーナで、1つ年下の女性スタッフがいたという。メカニックではなく、事務所の女性スタッフだけれど、同じ世代ということもあって、かなり仲良くしていたらしい。

その彼女は、いま、伊豆《いず》にあるマリーナで、ハーバー・スタッフとして働いている。そして、今夜、1泊で湘南に遊びにくるという。もちろん、ヒロキのところに泊めるつもりらしい。

今夜、飲み食いしにいくのにいい店を教えてくれとヒロキは言った。僕は迷わず〈タコ壺亭〉を教えた。店の売りもののメニューも、ついでに教えた。

翌朝。仕事がはじまる時間になっても、ヒロキは姿を現さなかった。彼女がここにきて、初めてのことだった。

僕とタメさんは、首をひねっていた。きのう、彼女は女友達と飲み食いしたはずだ。飲み過ぎたのだろうか……。そんなことを考えていると事務所の電話が鳴った。

僕が電話をとった。かけてきたのは、ヒロキだった。声が細く、元気がない。

「あの……体調崩しちゃって、きょう休みたいんだけど、ダメかな……」

と言った。僕は、タメさんに、それを伝えた。タメさんは、

「しょうがないだろう。きょうはヒマだから、ゆっくり休めって言ってやれ」

と言った。確かに、夏のシーズン中にしては、きょうの作業は少ない。僕は、そのことをヒロキに伝えた。

「ゆっくり休めよ。タメさんも、そう言ってる」

「ごめんなさい。ありがとう」

電話は切れた。

仕事が終わっても、彼女のことが気になった。体調をこわして寝込んでいるのだろうか？

僕は、家に戻ると、彼女に電話した。4、5回のコールで彼女は出た。

「あ、おれ……。具合はどう？」

「まあまあ……」

と彼女。その声には、やはり元気がない。もし二日酔いだったにしても、夕方まで具合が悪いとは……。

「なんか、持ってってやろうか？」

僕は言った。

「うーん……」

と彼女。

「遠慮するなよ。近所なんだし」

と言うと、

「……うん……。じゃ、お願い」

彼女は言った。僕は、携帯を持ったまま うなずいた。

「で、何を持っていってほしい？」

ときくと、彼女は、しばらく考えている。そして、

「ビールかワイン」

と言った。ビール？　ワイン？　二日酔いじゃなかったのか……。僕の頭は、少し混乱した。けれど、考えてみれば、二日酔いというのは、僕の勝手な想像なのだ。

「……わかった」

シャワーを浴び、新しいTシャツ、ショートパンツに着替える。僕は、家を出た。スーパーにいった。ビールとワイン、両方を買った。ビニール袋を提げて、〈森戸ハイツ〉に歩いていく。

チャイムを押す。すぐにドアが開いた。彼女が顔を出した。予想していたほど、顔色は悪くない。淡く化粧もしているようだった。薄いブルーのTシャツ。チェックのショートパンツをはいている。が、表情に、いつもの明るさがない。それでも、僕の顔を見ると微笑してみせた。ちょっと、無理した笑顔だった。

僕は、ビーチサンダルを脱ぎ、部屋に上がった。

考えてみれば、彼女の部屋に上がるのは、初めてだった。フローリングの床に、低くシンプルなテーブルがある。テーブルの上には、小ぶりな器があり、オリーヴの実を漬けたものが盛られていた。グラスも2個、用意されていた。アミ戸の外からは、静かな波音がきこえていた。床に置いてあるCDラジカセからは、ハワイのT《テレサ》・ブライトのものらしいヴォーカルが、ゆったりと流れていた。

「さっ、飲みましょう」

何かをふっ切ったような口調で、彼女が言った。

それから、1時間以上過ぎた。

部屋のすみには、飲み終わったビールのロング缶が、5缶あった。そして、僕と彼女は、白ワインを飲みはじめていた。すでに、オリーヴの器はカラ。つぎに彼女が出してくれたスモークサーモンをつまみながら、冷えたワインを飲んでいた。

こんなによく飲む彼女を見たのは、初めてだった。

といっても、これまで彼女と飲んだのは1回しかない。彼女が葉山にきて10日目。タメさんと、僕と、彼女の3人で軽く飲んだ。〈新人歓迎会〉のような感じだった。

そのときの彼女は、生ビールを1、2杯飲んだだけだったと思う。もちろん、自分が葉山では新人なので、遠慮していたのだろう。

でも、きょうは、かなり違う。そこそこのピッチで飲んでいる。飲みながらの話題は、他愛《たあい》ないものだった。主に仕事がらみのことだ。ベテランのタメさんの珍しい失敗談などで、かなりもり上がった。彼女は頬をピンクに染め、やたら、はしゃいでいるような感じだった。

グラスのワインがカラになったので、僕はキッチンにいった。冷蔵庫から白ワインを出して、自分のグラスに注いだ。テーブルに戻ろうとして、気づいた。彼女の肩が、小きざみに震《ふる》えている……。そのことに気づいた。

最初は、何かを思い出して笑っているのかと思った。けれど、じっと見ると、そうではないのがわかった。あきらかに、泣いているのだ。肩を細かく震わせて泣いているのだ。

僕は、そっと、彼女のとなりに座った。

「……どうした……」

と、あえて軽い口調できいた。彼女は、片手を顔に当てて、肩を震わせている。僕は、つぎの言葉が見当たらず、とりあえず黙っていた。黙って、ワインを飲んでいた。

彼女が泣きやんだのは、5分ほどしてからだった。ちょっと鼻にかかった声で、

「……ごめんなさい」

と言った。そして、ゆっくりとした動作で、ワイングラスを口に運んだ。ふたくちほど飲んだところで、ぽそり、ぽそりと話しはじめた。

「……きのう、同じマリーナで働いてた娘《こ》が、葉山にきたでしょう?」

と口を開く。僕は、ただうなずいてきいていた。

きのう葉山に遊びにきた娘は、彼女と同じようにカラリとした性格で、最初から気が合ったという。彼女は、ボート修理のメカニック、その娘はマリーナのスタッフということ

で、職種は違うけれど、よく話をしていたという。

「で、きのうの夜、タコ壺亭に飲みにいったの」

と彼女。ひさびさだったので、2人とももり上がって、かなり飲み食いしたらしい。そして、彼女の部屋に戻ってきた。だいぶ遅くなったので、寝ようとした。

「わたしは、バタンキューって感じで寝込みかけたの。でも……」

「……でも?……」

「寝込みかけて、ふと気づくと、となりで寝てた彼女に、キスされてたの」

と彼女。あえて、淡々とした口調で言った。キスされていただけでなく、バストにもふれられていたという。

「わたしは驚いて、彼女を突き放したわ」

彼女は言った。そして、

「ごめん、わたし、そういうの、ないんだって、はっきりと言ったの」

「……で?」

「彼女は、それ以上は何もしてこなかった……。ごめんなさいって言ったわ」

と彼女。ほとんど寝つけない夜が明けると、その娘は、始発のバスで帰っていったという。

「かなり気まずい感じで別れたわ……。しょうがないんだけど……」

彼女は言った。

「……ショックだった？」

「もちろん……。彼女が、そっちの人だとはまるで知らなかったから……。でも、それよりショックだったのは、わたしが、そっちの人らしいと思われてたこと……」

と彼女。ちょっと湿った口調で言った。

「女友達と飲んでたりして……冗談で〈ヒロキは女にもてそうだから〉なんて言われたことはあるけど、いざ本当に、そっちの人からせまられると、ショック……」

と彼女。僕が彼女の肩に手を置くと、彼女の上半身は、僕の方へ崩れてきた。

「……わたしって、そんな……」

と言いかけた彼女の唇を、僕は自分の唇でふさいだ。柔らかいキスをしばらく……。唇をはなすと、

「そんなことないよ」

と僕は言った。〈君は充分過ぎるほど女さ〉と言うかわりに、またキスをした。柔らかいキスを、ゆったりと、長く……。彼女の唇や舌が応《こた》えてくる……。

正直に言って、僕は女性経験が豊富というわけではない。ただ、優しく、あせらずにと

いうことだけは、わかっていた。

彼女の首筋に唇をつけると、彼女の体が、ビクッと震えた。首筋が軽くのけぞった。

このまま突撃するべきだろう。僕は、部屋の明かりを消した。キッチンの小さな蛍光灯だけはついている。それで充分な明るさだった。

Tシャツを脱がすのに、彼女は協力してくれた。ブラは、自分でとった。僕がショートパンツに手をかけると、彼女が、自分で脱いだ。

裸になった彼女の体のすべてに、僕は口づけをしはじめた。彼女の体が熱くなっていくのが感じられた。そして、彼女の全身から、ジャスミンの香りがたちのぼっていた。僕は、ジャスミンの蜜《みつ》を吸うミツバチのように、彼女の体に口づけを続けた。

そして、僕は、立ち上がり、服を脱いだ。

「ひさしぶりだから、そっとね……」

彼女が、かすれた声で言った。僕は、うなずく。ゆっくりと、体を重ねていった。

窓の外が、薄明るくなっていた。

僕と彼女は、ほぼ同時に目を覚ました。ふたりとも裸だった。体の上に、タオル地のブランケットをかけていた。彼女が少し体を動かすと、ブランケットがずれ、片方の乳首がのぞいた。僕が乳首にそっとふれると、彼女は、くすっと笑った。

僕は、彼女にそっとキスをした。はじめは乾いていた唇が、しだいに濡《ぬ》れてくる。夜明けの第2ラウンドがはじまった。昨夜よりさらに激しく、僕らは抱き合い、愛し合った。

その数分後。まだ荒い呼吸が完全におさまっていない彼女の眼尻《めじり》が濡れているのに、僕は気づいた。僕は、人さし指で、眼尻の涙を、そっとぬぐってやった。彼女は、少し照れたように微笑し、

「すごくよかったから……」

と小声で言った。それはそれで本当だろう。さらに、自分が女であることを、あらためて実感した、その嬉《うれ》しさもあるのでは……と僕は思った。けれど、それは口にしなかった。

窓の外からは、森戸の砂浜に打ちよせる波音が、かすかにきこえていた。


それから約3年が過ぎた。

僕らは、葉山に1LDKのマンションを借りて一緒に住んでいる。彼女は、マリン整備士としてのキャリアを積んでいる。僕は、佐島《さじま》にある造船会社に、設計者の卵として入る

ことができた。僕の給料がもう少し上がったら、結婚するつもりだ。2人とも火曜が休みなので、よく森戸海岸を散歩する。

彼女は、いまも、ジャスミンのコロンをつけている。

ニューヨークは雪、ところにより恋も降る

キイッと軽い音がして、店のドアが開いた。

クルマの排気ガスがまざったニューヨークの風が入ってきた。それと一緒に、1人の中年男が店に入ってきた。40歳代と思える白人男。ここには初めてくるお客だった。

彼が警官だと、すぐにわかった。理由は、難しいものではない。

その前提。うちの店から1ブロックもいかない所にニューヨーク市警の分署がある。うちが夜遅くまでやっていることもあり、店の客の三分の一は警官だ。

制服警官たちもくる。私服の刑事たちもやってくる。いろいろな時間に、1人で、2人で、数人で……。

彼も、そんな警官の1人だと、すぐにわかった。

まず、時間。いまは、午後の3時半だ。普通、ランチタイムの客がくる時間帯ではない。けれど、勤務が不規則な警官は、こんな時間でもやってくる。

彼は、少しくたびれたツイードのジャケットを着て、地味なネクタイをしめていた。店に入ってきながら、さりげなく店内を見回している。そこには、警官たちに共通する雰囲気があった。

店内には、客が1組だけ。黒人の老夫婦が、レモンパイを食べコーヒーを飲んでいた。

彼は、ゆっくりとした足どりで、カウンター席に歩いてきた。スツールに腰かけた。わたしは笑顔を見せ、彼の前に、水の入ったコップを置いた。

「警察の人ね」

と言うと、彼は、微笑し、小さくうなずいた。

「バリーだ。ブロンクスの分署から異動になったばかりだ」

「アキよ」

そう言い、わたしたちは、カウンターごしに軽い握手をした。彼が手をさし出したとき、ジャケットの前が開き、わきの下に吊《つ》った拳銃《けんじゅう》が、ちらりと見えた。わたしは別に驚きはしなかった。

「同僚の刑事が、この店がうまいと教えてくれたんだ」

とバリー。メニューをひろげた。

「その同僚は、何をすすめてくれたの？」

わたしは、洗ったグラスをふきながらきいた。

「ハンバーグ・ステーキかビーフ・シチュー」

と彼。わたしは、うなずいた。ハンバーグは、この店で最も人気のあるメニュー。そして、冬の限定メニュー、ビーフ・シチューも、よくオーダーがくるものだ。

彼がメニューを眺めていると黒人夫婦が立ち上がった。勘定をすませて帰るらしい。わたしは、レジにいく。彼らの勘定をすませる。

そして店の出入口まで送っていく。出入口のドアが開くと、歩道の端に残っている雪が見えた。午後も遅くなり、風は、かなり冷たくなっていた。

「道路が凍ってるかもしれないから、気をつけて」

わたしは、老夫婦に言った。彼らは手を振って帰っていった。カウンターに戻ると、バリーは、まだメニューを眺めている。

「ビーフ・シチューは、冬の限定よ。もう1ヵ月もしたら、メニューから消えるわ」

わたしは言った。彼は、うなずく。それを頼むよ、と言った。

「きょうは、まだこれから仕事？」

わたしは、カウンターの中からきいた。彼は、うなずいた。

「外廻《そとまわ》りが3つ4つあって……」

と答えた。刑事が外廻りというのは、たぶん、きき込みなのだろう。

「寒いのに大変ね。はい、少しサービスしておいたわ」

わたしは言った。彼の前に、皿を置いた。柔らかく煮込んだビーフとオニオンがたっぷり入っているビーフ・シチュー。

彼は、それをゆっくりと口に運ぶ。そして、小さくうなずいた。しばらくスプーンを動かしていて、

「……うまい……」

と、つぶやくように言った。心の深いところから出た言葉に感じられた。

それ以来、バリーは、よく店にくるようになった。

ほぼ、1日おきのペースでやってくる。時間は、まちまち。昼過ぎのこともある。遅い午後や夕方……。ときには、閉店まぎわの深夜0時過ぎということもある。

たいてい、1人でくる。ときどき、同僚と2人でくる。同僚は、アルという刑事だ。太ったイタリー系の男で、ずっと前から、うちにきている。常連の1人だ。

とはいえ、バリーは1人でくることが多い。ごく自然に、カウンター席につく。カウンターの中にいるわたしと向かい合うことになる。けれど、彼は、どちらかというと口数の

少ない男だった。

うちの店にくる警官は、大ざっぱに言って、2つのタイプになる。よくしゃべるタイプと、わりに口数の少ないタイプだ。

言うまでもなく、ニューヨークは凶悪犯罪が多発する街だ。そこで仕事をする警官たちは、相当なストレスや緊張をかかえることになる。

そんなストレスや緊張を、しゃべることで吐き出してしまおうとする警官は多い。

バリーの同僚のアルは、その典型で、よくしゃべるタイプだ。しゃべり、よく飲み食いし、太っている。いかにもイタリー系だ。

バリーは、正反対だ。長身で痩《や》せている。口数の少なさは、暗さというより、ひんやりとした孤独感を漂わせていた。

カウンターをはさんで向かい合っていても、わたしとバリーの会話がはずむわけではない。でも、それが苦にならないことに、いつ頃か、気づいた。わたしも、よくしゃべる方ではない。わたしとバリーには、どこかに似た者同士の部分があるのかもしれない。そんなことを、ぼんやりと思いはじめていた。

バリーがうちの店にくるようになって、約1ヵ月。ビーフ・シチューが、そろそろメニューから消えようとする頃だった。

彼が、毎日のように、深夜くるようになった。夜の11時から閉店時間の午前1時頃にやってくる。1人。たいてい、疲れた表情をしている。

食欲もあまりないのか、せいぜい、ターキーをはさんだサンドイッチにコーヒーをオーダーする。あまりしゃべらず、それを食べる。疲れた顔に、微笑をうかべ、

「ありがとう」

と言った。勘定を払い、深夜の街へ出ていった。たぶん、やっかいな仕事をかかえているんだろう……。わたしは、そのことにはふれず、彼を送り出した。


そんなある日。午後2時頃。バリーとアルが一緒にやってきた。店はかなり混んでいたので、2人はカウンターについた。パスタをオーダーした。

そろそろランチを終えて、帰っていく客が多い。わたしは、勘定をすませ、客が帰ったあとのテーブルを片づける。カウンターを、出入りしていた。そうしていても、バリーとアルの会話が耳に入ってくる。断片的にだけど……。

「そろそろ終わりにしろよ」

とアルが言っている。そして、

「マトソンも気にくわない顔をしてるぞ。そろそろ何か言ってくるかもしれない」

とアル。マトソンというのは、分署の警部補。バリーやアルの上司ということになる。

「まあ、そのときは、そのときだ」

とバリー。パスタを食べ終わる。まだ食べているアルの肩を叩《たた》き、席を立った。自分の勘定を払う。わたしに微笑し、

「ごちそうさま」

と言った。店を出ていった。

「バリーのやつ、ちょっと事件に深入りしててね……」

とアル。わたしと雑談している最中に言った。アルも、パスタを食べ終え、カプチーノを飲みはじめたところだった。もう、店内にほかの客はいない。

「深入り？」

わたしは、食器の片づけをしながら、さりげなくきいた。アルは、うなずく。

「3週間ほど前に、少年が殺された。15歳の白人の少年だ。ここから7ブロックほどはなれた裏通りで、同じ年齢《とし》の少年に撃たれた」

「……もの盗《と》り?……」

「いや……。どうも、少年のギャング団のいざこざらしい」

「少年のギャング団……」

と、わたし。アルは、うなずいた。

「殺された少年は、ある少年ギャング団の一員だったようだ。そして、殺した少年は、別のギャング団のメンバーだった。そのギャング団同士のいざこざらしい。……ま、結果的に、15歳の少年が1人、38口径の弾を撃ち込まれて死んだ。容疑者の15歳は、行方不明だ」

とアル。乾いた口調で言った。15歳の少年が、対立する相手の少年を拳銃で撃ち殺す。そんな事件が珍しいことではないというニューヨークの現実が、その口調から感じられた。

「……その事件を、バリーが担当してるの?」

わたしは、きいた。アルは、うなずく。

「最初は、もう1人の刑事と組んで捜査してたんだが、もう1人は、別の事件の方にまわった。このところ、うちの分署は忙しいものでね」

「………」

「3週間も捜査して、容疑者の少年の足どりはつかめていない。もしかしたら、とっくにほかの州に逃亡してるかもしれない。あるいは、ハドソン河に沈んでいるかもしれない。分署としても、そろそろ捜査を打ち切りたいんだ。が……バリーのやつは、まだ、その事件を手ばなさないのさ」

「それは……バリーが熱心な刑事だから？」

「……まあ、それもあるが、たぶん、もう1つ、別の理由があると思う」

「別の？……」

と、わたし。アルは、また、うなずいた。

「バリーには、息子がいるんだ。ちょうど、殺された少年と同じ年齢の……」

と言った。皿を洗っていた私の手が、ピタリと止まった。

わたしは、棚から、I・W・ハーパーのボトルをとった。グラスに、大きめの氷を1個。そこに、ウイスキーを注いだ。アルの前に置いた。アルが、I・W・ハーパーを好きなことは、3年前から知っている。

「おごりよ」

と言った。アルは、苦笑い。グラスに手をのばした。ゆっくりと、口に運んだ。うまそうに、ひとくち飲んだ。そして、また微笑した。

「これじゃ、自白しないわけにいかないな」

と言った。また、ゆっくり、ひとくち飲んだ。しばらく、目の前のグラスを眺めていた。

そして、

「おれとバリーは、同期で、ニューヨーク市警に採用になった。アッパー・ウエスト・サイドにある分署に、新米の警官として配属されたんだ」

と話しはじめた。

「……その頃から、仲がよかった？」

「まああかな……。その分署に入った新人警官はおれとバリーの2人だけだったから、わりとよく話したり、飲んだりしたな……。といっても、親友というわけじゃなかったよ……。お互い、警官だからな……」

最後は、つぶやくように、アルは言った。

わたしは、心の中で、うなずいていた。アルの言ったことの意味が、よくわかった。

警官同士が、一見、仲良くしているように見えても、そこに、ある一定の距離を置いていることが多い。そのことに、わたしは何年か前から気づいていた。

あるとき、1人の刑事と話していて、その理由を知った。

ニューヨークのような街で警官をやるということは、いつも危険にさらされているということだ。いつ、撃たれたり、刺されたりするかわからない。

自分の同僚がもし死ぬようなことがあっても、必要以上のショックをうけないために、多くの警官が、同僚と、一定の距離を置いているのだという。それは、なるほどと思わせるものだった。

「バリーとあなたも？」

わたしは、アルにきいた。アルは、グラスを手に、小さくうなずいた。

「まあ、そういうことだな。それに、バリーとおれは、警官としてのタイプが違っていたし」

「タイプが違う？」

「……ああ。おれが警官になった最大の理由は、警察は倒産することがないからさ」

とアル。ニッと嗤《わら》った。

「だから、できるだけ危険な捜査はお断り。ずっと交通課の警官でもいいと思ってやってきたよ。……だが、バリーは違ってた。おれと逆といってもいいかな」

「……ということは？」

「まあ、ひとことで言っちまえば、勇敢な警官……」

「仕事ができる？」

「もちろん。これまでに何人もの凶悪犯を逮捕してる。……が……同じ回数ぐらい撃たれたりクルマにはねられたりして入院している。まあ、ご苦労なことだがね」

アルは、肩をすくめた。

「で……バリーには、子供がいる？……」

わたしが言うと、アルは、うなずいた。

2杯目のI・W・ハーパーを、アルの前に置いた。アルは、それを手にした。口をつける……。

「……あれは、おれとバリーが警官になって何年目かなあ……。クルマ泥棒の事件が起きたんだ。レストランの駐車場に駐《と》めてあったジャガーが盗まれた。バリーと相棒が、その事件を担当したよ。当時、そういう高級車を狙った事件が多発しててね。どうも、同じ窃盗グループのしわざらしいと警察でも考えていた」

「…………」

「そのジャガーの持ち主は、カレンという25歳の女性だった。グラマシーにいくつもビルを持っている資産家の娘でね。プラチナ・ブロンドの美人だった」

「…………」

「バリーたちは、1ヵ月ぐらいかけて、クルマの窃盗グループを検挙した。そのカレンのジャガーも戻った。だが、彼女にとっては、クルマが戻ったことより、いいことが起きた」

「……バリーと恋に落ちた」

「そういうこと。お嬢さん育ちだったカレンにとって、腕きき警官のバリーは魅力的だったんだろうな。それまでつき合ったことのないタイプだっただろうし……」

とアル。わたしは、うなずいた。

「とにかく、ふたりは8ヵ月後に結婚したよ。で……最初はうまくいってたようだ。子供もできた。……ところが、しだいに晴れてた空が曇ってきた……」

「不和？……」

「まあね。お嬢さん育ちだったカレンと、バリーみたいなタイプの警官の結婚には、もともと無理があったとおれは思うよ。最初はよくても、だんだん、ズレが大きくなる……」

アルは言った。

「……あれは、バリーたちが結婚して2年半ぐらい過ぎた頃かな。たしか、おれの家でも七面鳥を焼いてたから、サンクスギヴィングの頃だったよ。仕事のあい間に、バリーと話してたら、あいつ、珍しくぼやいてたよ」

「夫婦生活のことを？」

「ああ……。ほんの少しだが、ぼやいてたな……。あまりうまくいってないとね……。しかし、そのあと、おれは別の分署に異動になって、バリーのことは、間接的にしか耳に入らなくなった」

とアル。I・W・ハーパーを、ひとくち。

「それから半年ほどたった頃だったかな……。コカイン中毒の男のクルマを追跡してたバリーのクルマが、相手のクルマと衝突して、バリーはケガをした。2週間ぐらい入院してたらしい」

「…………」

「それから半年ほどして、バリーが離婚したという話が耳に入ってきたよ。カレンが、耐えられなくなったんだろうな、危険な職業である警官の妻でいることに……」

アルは言った。わたしは、小さくうなずいた。一人息子は、ワイフのカレンが引きとったとアルは言った。

「それから、バリーも、いくつかの分署を異動して、ここにやってきた。おれと、ひさしぶりに顔を合わせたってわけだ。きけば、まだ再婚はしていない。カレンと暮らしている息子は、いま15歳になるってことだった」

アルは言った。

「それで……少年ギャングの事件を……」

「ああ、たぶんね。やつにとっちゃ、ただの仕事とは思えないんで、あんなに深入りしてるんだろう」

とアル。I・W・ハーパーを飲み干した。

「ちょっとしゃべり過ぎたな。悪い癖《くせ》だと、わかってるんだがね」

と言い、ニヤリとした。カウンター席を立った。

つぎにバリーがきたのは、2日後だった。午後の3時半。店には客がいなかった。わたしは、ひとり、カウンターの中で眼をまっ赤にしていた。ティッシュペーパーで、あふれる涙をふいていた。

店に入ってきたバリーは、さすがに驚いた顔をしている。カウンター席に腰かける。珍しくユーモラスな口調で、

「どうした。大失恋かい？　それとも、手持ちの株が暴落したとか？」

と言った。

「そんなんじゃないの。これよ」

わたしは言った。目の前にあるまな板を指さした。まな板の上には、刻んだ玉ネギが、山ほどある。いままで、刻んでいたものだ。客がいないので、料理の下ごしらえをしていたのだ。

「そうか……。玉ネギが君を泣かせたわけか……」

とバリー。微笑した。

「その涙をふき終わったらでいいから、ターキーのサンドイッチとコーヒーをくれないか」

バリーは、その翌日もやってきた。夜の10時半。店には、1組のカップル客しかいないときだった。バリーは、小さなビニール袋を手に、店に入ってきた。カウンター席につくと、ビニール袋をさし出した。

「何？」

「ちょっとしたプレゼントさ」

とバリー。わたしは、ビニール袋の中身をとり出した。それは、スキーのゴーグルのような物だった。ただ、全体が透明なプラスチックでできている。

「これ……」

「玉ネギを刻むときの特殊装備さ。使えると思うんだが」

とバリー。わたしは、それを眼に当ててみた。確かに、

「これなら、玉ネギに泣かされることもなくなりそうね」

と言った。

「とにかく、ありがとう。で、これはスキー用？」

「いや、射撃の練習用さ」

「射撃……」

「ああ。銃を撃つと、わかりやすくいえば火薬の粉みたいなものが、撃ってる本人の方にも少し飛んでくるんだ。おれたち警官は、射撃の練習で撃つ数が多いから、これをつけて、眼をガードするんだ」

バリーが言った。わたしは、うなずいた。食事を終えたカップル客が、席を立った。

「ターキーのサンドイッチ？」

わたしはバリーにきいた。

「いや……」

とバリー。メニューをひろげて見ている。このところ、捜査に忙しいらしく、あわただ

しくターキー・サンドをお腹につめて出ていった。ところが、今夜は少し様子が違う。メニューから顔を上げたバリーは、

「とりあえず、クアーズとオニオン・リング」

と言った。わたしは、内心、へえ……と思った。冷蔵庫からクアーズとグラスを出し、バリーの前に置く。オニオンを揚げるために火をつける。

「今夜は忙しくないの？　少年ギャングの事件で……」

とバリーにきいた。バリーは、グラスに注いだクアーズに口をつける。

「ああ……あの事件の担当からはずされたんだ」

と言った。ちょっとホロ苦く微笑《わら》った。

「そう……」

わたしは、なんと言っていいかわからず、そうつぶやいた。

「この前、アルのやつが、いろいろ、しゃべりまくっていったらしいな」

とバリー。オニオン・リングをかじり、クアーズを飲む。わたしは、

「そこそこね……」

と言った。バリーは、あい変わらず微苦笑したまま、わたしを見た。

「おれのことなんか、面白くもなんともないよ。それより、君はどうなんだ?」

「……わたし?」

と、つぶやいた。彼は、わたしを見て、うなずいた。日本人のわたしが、なぜこの店をやっているか……。どうやら、そういう質問らしい。

わたしも、冷蔵庫からBUD《バドワイザー》を出す。プルトップを開け、ひとくち飲んだ。今夜は、もう、客がこなそうだった。また、ひとくち、BUDを飲む……。

わたしは、東京の郊外にある福生《ふっさ》市で生まれ育った。

そして、近くの横田基地には、FEN(ファー・イースト・ネットワーク)、つまり在日米軍のための放送局があった。ここで制作された番組やニュースが、日本中にいる米軍や家族のために発信されていた。

うちのとなりは、マローンさんという米軍の家族が住んでいた。父親のヘンリーは、FENのスタッフだった。FENの放送原稿を書いていた。

マローンさんの家には、わたしと同じ年齢《とし》の女の子がいた。ケイトという金髪の娘だった。

小学生の頃から、わたしとケイトは仲がよかった。わたしは、よく、彼女の家に遊びにいったものだ。というより、彼女の家にいる時間の方が長かったかもしれない。

ケイトは一人っ子なので、彼女のママは、わたしが遊びにいくのを喜んでくれた。毎日のように、チョコレート入りのクッキーなどをつくってくれた。

小学校低学年のうちは、そのクッキーなどが楽しみで、わたしはケイトの家に遊びにいった。おたがい、日本語と英語の教えっこをした。

そうしているうちに、わたしの英語は自然に上達していった。小学校を卒業する頃には、英語の曲なら、たいていの歌詞はわかるようになっていた。

中学生になると、ケイトの家にある雑誌を読むようになった。ケイトのパパは、FENのニュース番組の仕事をしていたので、家には雑誌が山ほどあった。

わたしは、そんな雑誌を読むようになった。

ティーンエイジャー向けの雑誌。そして、〈Newsweek《ニューズウィーク》〉〈TIME《タイム》〉といった大人向けの雑誌まで、なんでも読んだ。

わからない言葉があれば、ケイトが教えてくれた。

わたしは、どんどんアメリカの雑誌（ときには新聞）にのめり込んでいった。

その中でも、ニュース記事にひかれていった。アメリカのジャーナリストたちの多くは大胆だ。鋭く、ホンネで出来事に切り込んでいく。

そんな記事を、わたしは、かたっぱしから読んでいた。もう、高校生になっていた。心の中には、すでに、ジャーナリストをめざす夢がふくらみはじめていた。

高校3年になった頃、ケイトの一家が、アメリカに戻ることになった。パパのヘンリーは米軍を退役して、東部のボストンにある放送局で、番組づくりの仕事につくという。

ケイトは、わたしがジャーナリスト志望であることを知っていた。日本の高校を卒業したらボストンにこないかと言ってくれた。ケイトたちがボストンで住む家には、部屋がよぶんにあるという。

わたしの夢は、また、ふくらんでいく。

本格的に、両親を説得しはじめた。幸い、わたしには兄と姉がいた。末っ子のわたしが好き勝手をやっても、〈しょうがないな〉という思いが親にはあったようだ。

高校を卒業する3ヵ月前には、両親を説得した。アメリカに留学することをオーケイさせた。ケイトの家でうけ入れてくれるという条件も、効果があったようだ。

そして、高校を卒業した翌週。わたしは、成田から飛び立った。桜のつぼみがふくらみはじめた頃だった。希望と不安を半分ずつバッグにつめて、わたしは、遠ざかる日本の海岸線を見つめていた。

ボストンは、いい街だった。

ニューヨークよりさらに北にあるので、平均気温は低い。雪もよく降る。けれど、街全体に落ち着きがある。本屋が多く、文化の匂いがした。

ケイトの家には、わたしの部屋が用意されていた。アメリカらしく、広々としていた。

市内にある単科大学《カレッジ》。そこを、ケイトが調べておいてくれた。わたしは、秋からそこへ通うことになった。それまでは、語学学校で英語の特訓をした。

そして、9月。わたしは、大学に通いはじめた。

予想通り、英語での授業についていくのは大変だった。けれど、わたしはがんばった。毎日、夜遅くまで勉強をした。1年目……そして2年目……。

そのかいがあったのか、カレッジの卒業が近づいた日、チャンスがやってきた。

ボストンで発行されている〈BOSTON《ボストン》 WEEKLY《ウイークリー》〉という週刊誌で、アルバイトの編集部員を募集していた。それに応募したわたしは、採用されたのだ。

〈BOSTON WEEKLY〉は、けして発行部数の多い雑誌ではない。けれど、とにかく、ジャーナリズムの一角なのだ。ケイトの一家は、特大のケーキを焼いてお祝いをしてくれた。

仕事は、資料整理からはじまった。けれど、半年後には、小さいけれど記事を書けるようになった。

記事といっても、新しく開店したレストランの紹介とか、ボストン出身のスポーツ選手へのインタビューとか、どちらかといえば軽いものだった。それでも、わたしは、ていねいに書いた。徹夜で2度3度と書きなおした。

〈BOSTON WEEKLY〉で5年ほど仕事をした頃、つぎのチャンスがやってきた。

ニューヨークで発行されている〈DEEP《ディープ》 NY《ニューヨーク》〉というタブロイド版の新聞で、記者を募集しているという。〈DEEP NY〉は、文字通り、ニューヨークで起きている出来事や事件の裏側をさぐるというもので、毎週金曜に発行されていた。

ボストンの仕事に、そろそろマンネリを感じていたわたしは、さっそく、応募した。ニューヨークまで面接にいった。

アダムという40歳ぐらいの白人男が面接をした。きくと、こういう話だった。正式な社員を募集しているのではない。いわば、嘱託《しょくたく》の記者を求めているという。

会社の名刺は持たせる。記者としての身分証も持たせる。ただし、仕事は、ほとんどフリーランサー。書いてきた記事を載《の》せるかどうかは、わからない。記事が掲載されればギャラを払うという。

「まあ、腕しだいってことになるかな」

とアダムは言った。甘いことを言わないところは、好感が持てた。

かなり迷った。けれど、結局、その話にのることにした。ニューヨークで仕事をすることに魅力を感じたのは、もちろん。ケイトの家があるボストンからニューヨークまでは近い。そのことも、頭のすみにあった。わたしは、チェルシーに小さなアパートメントを借りた。そして、ニューヨーク生活をスタートさせた。

あれは、確か、秋から冬に向かう頃だった。ニューヨークのあちこちで並木が黄色くなりはじめた頃だった。

わたしは、1軒の店を見つけた。歩いていて、偶然に、その店の前で足を止めたのだ。店は、通りの角にあり、〈ONION《オニオン》　SQUARE《スクエア》〉と看板が出ていた。

まず、名前が気に入った。この近くには、〈ユニオン・スクエア〉という広場がある。この店名は、どうやら、それをもじったらしい。ウイットがある。

ぱっと見たところ、レストランというより、食堂という感じが強い。その前に立ち眺めていると、ドアが開いた。白人の制服警官が2人、出てきた。と同時に、いい匂いが漂ってきた。

ちょうどお腹がすいていたので、わたしは、ためらわず、その店に入った。店内は、予想通り。広くはない。気どりのないレストランという雰囲気だった。

わたしは1人だったので、カウンター席に歩いていく。さりげなく、店内を見回しながら……。

4人用のテーブル席が4つ。そして、5、6人座れるカウンター席。それだけだ。

いま、4人用テーブルの2つに、制服警官たちがいた。何かしゃべりながら、昼食をとっていた。ほかの客はいない。

カウンター席につきながら、わたしは、〈これはいいかもしれない〉と思っていた。

というのも、〈DEEP NY〉のアダムに言われていたからだ。〈警官とタクシー・ドライバーが集まる店を見つけたら、マークしろ〉と言われていた。

アダムは、こう言った。ニューヨークのようなところで、街の裏事情や噂を一番よく知っているのは、まず警官、つぎにタクシー・ドライバーだ。彼らのしゃべっている中には、記事につながるネタが転がっている。

だから、彼らのたまり場になっているような店を見つけたら、何くわぬ顔で、そこの常連になるのはいい手だ。アダムは、そう言った。さすがに、プロだと思った。

席につくと、カウンターの中には、白人のおばさんがいた。少しグレーがかった金髪を後ろで束ねている。エプロンをかけている。50歳代だろうか。柔らかい笑顔を見せ、

「ハイ」

と言った。わたしも笑顔で返事をかえした。わたしは、メニューを開いた。メニューの種類は多くない。そして、見なれたものが多かった。わたしは、ボロネーゼのパスタをたのんだ。コーヒーは、あとでたのむことにした。その方が時間をかせげる。

警官たちは、にぎやかに食事をしている。やがて、わたしの前にも、パスタが出てきた。それを、ひとくち……。わたしは、かなり驚いていた。すごく美味《おい》しかったからだ。アメリカにきて初めて、と言ってもいいほど美味しかった。わたしは素直に、それを彼女に言った。彼女はニコリとする。

「気に入ってもらえて嬉《うれ》しいわ」

と言った。

やがて、食事を終えた警官たちが、勘定を払い、店を出ていった。彼女が、そのテーブルを片づけ終わる頃、わたしも、パスタを食べ終えようとしていた。カウンターの中へ戻ってきた彼女に、

「おまわりさんが多いのね」

と、きいた。彼女は、うなずく。

「歩いて2、3分のところに、ニューヨーク市警の分署があるのよ」

と言った。わたしは、うなずいた。彼女にコーヒーをたのんだ。彼女は、うなずき、コーヒーを淹《い》れながら、

「留学生？」

と、きいた。この頃、わたしはすでに20歳代の後半に入っていた。けれど、もともと日本人は若く見られがちだ。わたしは、少し迷ったけれど、

「もうカレッジは卒業して、新聞社でアルバイトをしてるの」

と言った。これは本当のことだ。彼女は、うなずき、

「マージよ」

と言った。わたしも、

「アキよ」

と名のり、彼女と握手した。

それから、わたしは1日おきぐらいに、マージの〈オニオン・スクエア〉にいくようになった。理由は、3つある。

その1。店にくる警官たちの話に、記事のヒントがたくさんありそうなこと。その2。この〈オニオン・スクエア〉は、わたしが住んでいるアパートメントから近い。歩いても10分ぐらいだ。

そして、理由その3。この店では、何を食べても美味しいからだ。特に変わったものを出すわけではない。が、美味しい。値段も、リーズナブルだ。そんな理由で、わたしは、しょっちゅう〈オニオン・スクエア〉にいくことになった。

店にいくと、わたしは、できるだけ長い時間を過ごすようにした。長くいればいるほど、警官たちの話が耳に入ってくるからだ。

わたしは、何か食べてからも、コーヒーを飲みながら、店で時間を過ごした。仕事の資料を眺めているような感じで、雑誌をめくったりしていた。話している警官たちの話に、何かヒントがあると、ボールペンで雑誌の余白に走り書きをした。

そんな努力が、やっとみのったのは、〈オニオン・スクエア〉にいくようになって2ヵ月ぐらいした頃だった。ニューヨークの駐車違反取り締まりについて、ちょっと面白い話が耳に入った。わたしは、それを短いコラムにしてアダムに出した。アダムは、さっと目を通す。うなずく。何ヵ所か細かいなおしを入れ、

「オーケイ、載せよう」

と言ってくれた。

ニューヨークにきて初めてコラムが活字になった日。わたしは、〈オニオン・スクエア〉でシャンパンのハーフボトルを開けた。そして、マージと乾杯をした。ガラス窓の外では、小雪がちらついていた。

その冬が過ぎようとしている頃だった。マージが交通事故に遭《あ》った。

横断歩道を渡っていたマージは、勢いよく走ってきたバイク・メッセンジャーの自転車にはねられた。転んだ彼女は、左膝《ひざ》をかなり強く打ちつけた。病院に運び込まれた。10日間で退院したものの、少し左足を引きずるようになってしまった。

そうなると、なんとか料理はできるものの、皿を運んだり片づけたりができない。そこで、マージは、わたしに店の手伝いをしてくれないかと言ってきた。

わたしは、その頼みに、ふたつ返事でオーケイした。

まず、一日中この店にいれば、記事のネタが、それだけ多く耳に入る。そして何より、わたしは、この店とマージが好きになっていたのだ。

マージに頼まれたその日から、わたしは店を手伝いはじめた。主にウエイトレスとして仕事をしはじめた。

そうして仕事をしはじめて3日目。わたしはマージにきいた。なぜ、この店に〈オニオン・スクエア〉と名づけたのか、きいた。マージは、ただ肩をすくめ、

「うちでは、オニオンを山ほど使うからよ」

と言った。確かに、この店では、玉ネギをたくさん使う。

マージに言わせると、〈オニオンから出る旨味《うまみ》が、うちの料理のポイント〉なのだそうだ。それは、うなずけた。ハンバーグ、ボロネーゼ、シチュー、などなど……。どの料理にも、たくさんのオニオンが使われている。そして、味に深みをましている。

マージは、ヴァージニア州にある農場と契約して、特別に良質な玉ネギを送ってもらっているという。そう言われてみれば、この店で使っている玉ネギは、元気だ。切っているときの香りが強い。味も濃いような気がする。

だから、この店の仕事は、まずオニオンをみじん切りにすることからはじまるのだ。わたしも、少しずつ、手伝うようになった。膝をいためているマージは、長い時間立っているのがつらいようだ。

そこで、わたしは、マージの料理も手伝いはじめた。マージから、ここの料理の基礎を教わりはじめた。

それと同時に、わたしの、コラムニストとしての仕事も、うまくいきはじめた。なんせ、ほとんど一日中、〈オニオン・スクエア〉にいる。当然、警官たちの話が耳に入ってくる。彼ら（ときには女性警官たち）の何気ない話には、コラムのネタがいっぱいつまっていた。わたしは、自分のアパートメントに帰っては、それを短いコラムに書いた。アダムに渡した。

わたしのコラムが〈DEEP　NY〉に載ることが多くなった。載せられるレベルのコラムが多くなったのだろう。

ただし、タイトルは、たいていアダムがつけかえた。本文にも、アダムが手を入れた。それで、やっと新聞に掲載されるのだ。それは、わたしにとって少し不満ではあった。けれど、認めざるをえないことが、ほとんどだった。アダムがタイトルをつけかえ、本文に少し手を入れると、コラムが、がぜん輝きをますのだ。

わたしは、アダムを、だんだん見なおしていった。最初は、ただ、あいそうの悪い男だと思っていた。けれど、タブロイド版とはいえ、ニューヨークの新聞社で仕事をしているプロだ。ただ者ではない。

そんな状況が6ヵ月ほど続いた。ある日、アダムに呼ばれた。珍しく、42丁目にあるレストランで会った。アダムの話は、こうだ。わたしに、定期的なコラムを持たせることになったという。スケジュールは、1週間おき。タイトルは、〈NY WIND〉、つまり〈ニューヨークの風〉。そういう話が、編集デスクとの間で決まったという。

「そういうことで、まずは乾杯だ」

とアダム。微笑し、ウエイターにシャンパンをオーダーした。わたしは、あっけにとられながらも、アダムとシャンパンのグラスを合わせた。2杯目を飲みはじめた頃、やっと嬉《うれ》しさがわき上がってきた。

その夜は、2人で2本のシャンパンをあけた。そのままの勢いで、ソーホーにあるアダムのアパートメントにたどり着いた。彼と、寝た。

楽しく充実した毎日が続いた。

マージの〈オニオン・スクエア〉での手伝いは、続けている。そして、新しくはじまった〈NY WIND〉のコラムを書く。書いた原稿は、アダムに見せる。彼のアパートメントにいき、原稿を見せる。彼が原稿に手を入れる。それから、わたしたちは、ワインを飲み、わたしは彼の部屋に泊まる。そんな日々が続いた……。

それは、わたしのコラム〈NY　WIND〉がはじまって、そろそろ3年になろうとしていたある日だった。

その日も、わたしは、書いたコラムの原稿を、アダムのところに持っていこうとした。ところが彼は、自分のアパートメントではなく、会社の近くのカフェにきてくれと言った。少し悪い予感を感じながら、わたしは地下鉄に乗った。

悪い予感は、当たるものだ。

カフェで向かい合ったアダムは、少し硬い表情をしていた。そして、話しはじめた。君が書いている〈NY WIND〉は、今回で終わることになった。マンネリ化しはじめているし、そろそろコラムをリニューアルする時期じゃないかと会議で決まったんだ。彼は、淡々とした口調でそう言った。そして、

「……それにともなってというわけじゃないけど……僕らのつき合いも、そろそろ終わりにした方がいいんじゃないかな」

とアダム。さらに、

「君には、もっと若い相手がふさわしいと思う」

と言った。それは、決定事項という感じだった。

悪い予感がしていたとはいえ、わたしは唖然《あぜん》としてしまった。わたしにとってはダブル・ショックだ。仕事と、恋人を、一瞬にして失ってしまったのだ。

涙も、その場では出なかった。わたしは、茫然《ぼうぜん》としたまま、そのカフェを出た。

涙が出てきたのは、地下鉄で〈オニオン・スクエア〉にやってきてからだった。

遅い午後。幸い、店にお客はいなかった。マージが、ひとりでグラスを洗っていた。わたしは、店のペーパー・ナプキンを眼に当てて、すすり泣きはじめた。

小雨だった涙は、本降りになり、やがて、どしゃ降りになった。マージは驚いて、わたしの背中をなでていた。涙が、また小雨に戻った頃、わたしは、話しはじめた。ペーパー・ナプキンで涙をふきながら、事情を話しはじめた。マージは、うなずきながら、きいていてくれた。

ペーパー・ナプキンを3枚、グショグショにしたところで、わたしは話し終えた。マージは、わたしの体をそっと抱きしめた。

「とにかく、休みなさい。店の仕事を手伝いながら……」

と、耳もとで言った。

何もする気にならなかった。けれど、じっとしているのは絶対によくないともわかっていた。わたしは、〈オニオン・スクエア〉での仕事を続けた。皿を運んだ。洗った。料理の手伝いをした。忙しく働いていることで、なんとか気持ちのバランスをたもっていた。

そんな日々が2ヵ月ほど続いた頃、マージの膝《ひざ》が、さらに悪化してきた。歩くのもしんどい。長い時間立っているのも難しくなってきてしまった。

ある日、マージが、わたしに相談をもちかけた。わたしに、この店を継《つ》いでくれないかという相談だった。

自分はもう年だし、この脚《あし》の状態では、レストランをやっていくことが難しい。けれど、この店には、愛着を持って通ってくれているお客がいる。そんなお客たちのためにも、この店は続けていかなければ……。そこで、わたしに、ここを引き継いでくれないかという。

マージといろいろ話し合って、結論を出した。

まず、これから3、4ヵ月がかりで、わたしに、この店のレシピを本格的に教えてくれること。

そして、この店のオーナーは、あくまでマージ。わたしは、やとわれ店長。毎月の売り上げから、わたしは自分の給料をとる。そして、残ったお金はマージに渡す。

そんなことをとり決め、わたしとマージは握手をした。

マージは、わたしがこの店を引き継いだら、ノース・カロライナにいる娘のところにいくという。温暖なノース・カロライナで、膝のリハビリをすると言った。

それから3ヵ月半。わたしは、毎日深夜までマージに料理を教わった。教わるわたしも、教えるマージも真剣だった。

けれど、料理に集中することは、わたしにとって、一種の精神安定剤になった。料理づくりに集中することで、過ぎた出来事を思い出さずにすんだ。

やがて、わたしは、この店で出す料理をすべて自分でつくれるようになった。

引き継ぐときがきた。マージの娘夫婦が、ノース・カロライナから、クルマで迎えにきた。引っ越し屋のトラックも用意していた。

マージは、店の2階に住んでいた。そこそこの広さの部屋やバスルームがある。

マージは、自分の服や身のまわりのもの、そして小さめの家具は、持っていくことにしていた。大きな家具は、置いていくから、わたしに使ってくれと言った。

荷物を引っ越し屋のトラックに積む。マージは、杖《つえ》をついて、店を出た。歩道で、わたしを抱きしめた。

「年に1回ぐらいは、遊びにくるからね」

と言った。涙は見せなかった。わたしも、なんとか、泣くのをこらえた。マージは、娘夫婦のセダンに乗り込んだ。セダンと引っ越し屋のトラックは、ゆっくりと動き出した。クルマの窓から、マージが手を振っていた。見えなくなるまで……。

「それが、5年ぐらい前のことよ」

と、わたしはバリーに言った。バリーは、クアーズのグラスを手に、うなずいた。

「なるほど……」

と、つぶやいた。

「それ以後、ジャーナリズムの仕事は？」

と、きいた。わたしは、BUDの缶を手に、首を横に振った。5年前のショックがあった。そして、この店を切り回すのは、かなり忙しい。充実もしている。そうしているうちに、あっという間に5年が過ぎていた。わたしは、今年、34歳になる。

「わたしは、もう、記事を書く仕事をやってないから、どんな極秘情報を話しちゃっても大丈夫よ」

わたしは笑いながら言った。バリーも、グラス片手に珍しく白い歯を見せた。わたしと彼の距離が、少し近づいた気がした。店のラジオから、N《ノラ》・ジョーンズのバラードが流れていた。店の窓を雨が濡《ぬ》らしはじめていた。春を感じさせる柔らかい雨粒が、ガラス窓を濡らしていた。

それからも、バリーは店にくる。毎日のようにやってくる。

店にくるときは、たいてい1人。カウンター席について、わたしと向かい合う。店がすいている時間が多いので、わたしと彼は、ごく自然に言葉をかわす。初めてきた頃に比べると、バリーの口数は少しふえたように思う。

季節は、春から初夏に向かっていた。セントラル・パークの樹々にも、若葉のグリーンが目立つようになってきていた。

わたしとバリーの心の距離は、ゆっくりと近づいているのが実感できた。けれど、ある距離まで近づくと、そこで止まった。お互い、それ以上、ふみ込もうとしない。

カントリー・シンガーの誰かが、歌っていたっけ。

〈僕と君の間に流れている小川《クリーク》。こえられない3ヤードのクリーク……〉

そんなものが、確実にあった。その理由は、難しいものではない。ひとことで言ってしまえば、男女関係への不信だろう。

お互い、男女関係で痛手をこうむっている。そのことが、けして良くない記憶のシミとして、心のすみに消え残っているのだ。大人だから、ためらう恋。このニューヨークのような街では、ありふれたことかもしれないけれど……。

それは、6月のはじめだった。この土地にしては、湿度の高い日が続いた。まるで、日本の梅雨《つゆ》どきのようだった。気温はそこそこ高く、蒸し暑い日が、続いていた。

そんなとき、連続で強盗殺人事件が起きた。しかも、うちの店から、あまり遠くないところの店が襲われた。

最初は、深夜までやってるドラッグ・ストアが襲われた。初老の店主がナイフで刺され、レジが荒らされていた。刺された店主は、病院に運ばれたが、出血多量で死亡。

その10日後。やはり深夜まで営業しているダイナーが襲われた。客のような様子で店に入ってきた男が、ナイフで中年の店主を脅した。犯人ともみ合っているうちに、店主は刺され、犯人はレジの金をうばって逃走。

刺された店主は、病院に運ばれたが、2日後に死亡。被害者が死ぬ前にきき出せた犯人の特徴は、ヒスパニック系。プエルトリカンかジャマイカンらしい。若く、サングラスをかけていた。

その2つの事件に共通しているのは、深夜まで営業している店。ほかの客がいない時間を狙っていることだ。

2つ目の事件が起きた翌日。昼過ぎ。バリーが、やってきた。早足で、カウンターのところにやってくる。真剣な表情で、わたしを見た。

「アキ、2つに1つを選んでくれ。その1。店の営業を、夜の9時で終える」

とバリー。わたしは、首を横に振った。

「それじゃ、これが必要だ」

バリーは言った。上着の内ポケットから、小型の拳銃をとり出した。それを、カウンターに置いた。

「銃を撃ったことは？」

と彼。わたしは、首を横に振った。

「オーケイ。じゃ、明日、練習だ」

バリーは言った。うちの店は、基本的に日曜は定休。明日は、ちょうど日曜だ。

翌日の昼過ぎ。わたしは、分署の地下にある射撃練習場にいた。そう広くないけれど、5、6人が練習をできるようになっている。標的までは、7、8メートル。

ニューヨークの警官が拳銃を使う場合、標的のほとんどがこの距離以内だとバリーが言った。

わたしは、玉ネギを刻むときに使っている透明なゴーグルをつけた。拳銃を持った。

「わりと軽いのね」

「ああ、22口径だから。それでも、強盗から身を守るには充分だ」

とバリー。わたしに、拳銃の握り方を教えはじめた。拳銃を両手で握った。わたしの手の上から、バリーの指がふれてきた。少し、ドキリとした。バリーの手は、ごついけど温かかった。バリーは、拳銃の正しい握り方を教えてくれる。そして、

「撃ってごらん」

と言って、標的を指さした。人の形のシルエット。その中に、同心円がある。わたしは、そっと引き金を絞った。タンッと乾いた音。拳銃が少しはね上がった。手にくるショックは、それほどでもない。それから、3時間以上、わたしは射撃の練習をした。撃った弾のほとんどが、人の形の中におさまるようになった。

拳銃の使い方は教わった。けれど、本当にそれが必要になるとは思っていなかった……。

その男が店に入ってきたのは、金曜の深夜。0時半頃だった。店に、ほかの客はいなか

った。

肌が浅黒い若い男。髪はちぢれている。濃いサングラスをかけている。グレーのスタジアム・ジャンパー。ジーンズ。少し背中を丸めるようにして、店に入ってきた。4人用のテーブル席についた。

わたしは、ドキリとしていた。その男は、どうやらヒスパニック系。強盗殺人犯の外見と一致する。わたしは、カウンターの中から、

「ハイ」

と言った。男は、うなずき、

「コーヒー」

とだけ言った。わたしは、うなずいた。男は、テーブル席についたまま、さりげなく店内を見回している。わたし以外に従業員がいるのか、確かめているのかもしれない。

そのとき、店のすぐ外で、にぎやかな声がした。店の出入口のすぐ外。白人の若い男たちが4、5人いる。立ち止まって、わいわいとしゃべっているのが、窓ガラスごしに見えた。たぶん、金曜なので夜遊びをしている連中なんだろう。つぎはどこの店にいくかを話しているような感じだった。

わたしは、一瞬、しめたと思った。彼らが店のすぐ外にいる間は、男は襲ってこないだ

ろう。

コーヒーを淹《い》れはじめながら、わたしは引き出しを開けた。フォークなどの入っている引き出し。そこから拳銃を出し、そっと調理台の上に置いた。

そして、いつも調理台に置いてある携帯電話のキーをプッシュした。2《ツー》タッチで、バリーの携帯につながるようにセットしてある。バリーの携帯にかけて何も言わなければ、〈危険〉の知らせ。そう彼との間で打ち合わせをしてある。

自分の手が少し汗ばんでいるのがわかる。

男は、落ち着かない様子で、店の外を見ている。若者たちのグループは、まだ店の外の歩道にいる。にぎやかな話し声が、きこえている。

やがて、コーヒーができた。同時に、店の外にいる若者たちが動きはじめた。青信号の横断歩道を渡っていく。男が、それを見ている。わたしは、調理台に置いた拳銃に手をのばそうとした。

そのとき、店のドアが勢いよく開《あ》いた。バリー、その後ろに制服の警官が2人入ってきた。男は、ジャンパーのポケットに手を入れ、立ち上がろうとした。が、バリーの方がすばやかった。上着の内側から抜いた拳銃を、男の胸もと1メートルにつきつけていた。落ち着いた声で、

「1インチでも動けば撃つ。右手を、ゆっくりとポケットから出せ」

と言った。かたまっていた男。その右手がゆっくりとジャンパーのポケットから出る。

飛び出しナイフらしいものを握っていた。制服警官が、その手からナイフをもぎとる。なれた動作で、男を立ち上がらせる。後ろ手に手錠をかけた。

店の外で、パトカーの回転灯が光っている。バリーは、

「戻ってくる」

と、わたしに言った。制服警官を1人残し、男をパトカーに押し込んだ。

約30分後。見張りに残っている警官にコーヒーを飲ませていると、バリーが戻ってきた。

「やつが犯人だったよ。もう自白しはじめてる。ちゃんとした調書をとるのは明日になると思うが」

と言った。そして、制服警官に、〈もういいよ〉と眼で指示した。制服警官はうなずき、店を出ていった。

わたしとバリーは、軽く抱き合った。

「怖かったか……」

とバリー。

わたしたちは、体をはなす。わたしは、赤ワインを出した。テーブル席で、バリーと飲みはじめた。グラス2杯目を飲み終わる頃には、緊張がとけていくのがわかった。3杯目からは、笑顔で話ができるようになっていた。

その夜、わたしとバリーは、ひとつになった。店の2階。わたしの部屋のベッドで、メイクラヴ……。大人同士なので、優しく、穏《おだ》やかに……。

そのあと、少しウトウトした。目が覚めると、窓の外が、薄明るくなりはじめていた。もう、夜明けが近い。わたしが、もそもそと体を動かすと、

「よく寝てたな」

とバリーの声がした。

「起きてたの？」

「ああ……」

とバリー。わたしは、彼の胸に、頬をつけた。しばらくすると、

「不思議なんだが、すごく、リラックスした気分なんだ。強盗殺人犯を逮捕したあととは

「少し……」

と、わたし。

思えないほどね……」

とバリーが言った。わたしは、少し頭を起こし、彼の横顔を見た。薄明かりの中。確かに彼の表情は穏やかに見えた。

「……もしかしたら、オニオンの香りのせいかもしれない」

とバリー。そう言われてみれば、この部屋は、かすかにオニオンの香りがする。下が店で、オニオンをたくさん使って料理をする。その香りが、どうしても、2階まで漂ってくるのだ。

「オニオンの香りで、リラックスする？……」

わたしがきくと、彼は無言で、うなずいた。

確かに、わたし自身も、そう感じることがある。何か嫌《いや》なことがあっても、オニオンを切っていると、気持ちが落ち着くことがあった。

そんなことを思いながら、わたしはまた、彼の胸に、自分の頬を押しあてた。窓の外、ときどき、夜明けのニューヨークをクルマが走り過ぎるタイヤ・ノイズがきこえていた。

それから、週に1度ぐらい、バリーは、わたしの部屋に泊まった。かすかなオニオンの香りに包まれて、わたしたちは愛し合った。

ときには、セントラル・パークを散歩した。パストラミ・サンドをかじりながら、緑の中を歩いた。

真夏になると、コニー・アイランドまで遊びにいった。わたしは水着になり、ビーチで遊んだ。ふたりとも、青年と少女のように、波打ちぎわではしゃいだ。

けれど、バリーは水着にならなかった。その理由が、わたしにはわかっていた。バリーの筋肉質の体は、傷あとだらけなのだ。たぶん、犯罪者とのやりとりでできた傷だろう。わき腹に、背中に、太ももに……あまり大きくはないが、手術で縫《ぬ》ったような傷あとがいくつもある。

彼が、わたしの部屋に泊まったある夜明け。わたしと彼は、ベッドに寝ころがっていた。他愛《たあい》のないことを話していた。

わたしは、彼のわき腹にある古傷を、そっと、指でなぞった。思いきって、きいてみた。

「職務中に、人を殺したことはある？」

と、きいた。彼は、静かな表情で、首を横に振った。

「射撃に自信のない警官は、相手の体のまん中を狙って撃つ。だから、相手を殺してしまうことが多い」

と言った。

「……あなたは、射撃に自信があるから、相手の急所をはずして撃てた？……」

わたしが言うと、彼は、かすかに苦笑し、

「いままでは、たまたま運よく……」

と言った。ニューヨークの警官なのだから、凶悪犯の1人や2人は殺しているかと思っていた。それも当然かなと思っていた。けれど、その彼の言葉をきいて、なんとなく気持ちがやすらいだのも事実だ。

それと同時に、ある不安が、心の中に生まれた。それは、こういう不安だ。

彼は、根本的に優しい男だ。だから、これまで、相手が凶悪犯でも殺さずにやってこれた。けれど、それは、危険をともなうことなのではないか……。

武器を持った凶悪犯を相手にしたら、殺すつもりで立ち向かわないと、自分の身に危険がおよぶかもしれない。一瞬のうちに明暗がわかれて、自分が死ぬはめになるのでは……。

そんな不安が、わたしの心に芽生えはじめていた。けれど、そのことは口に出さなかった。彼が、わたしの料理の味つけに口を出さないように……。

10月の第3週。

バリーが、警部補に昇進することが決まった。その仲間うちでのお祝いが、同僚のアルのところで開かれた。ロウアー・マンハッタンにあるアルのアパートメント。その屋上で、バーベキュー・パーティーをやった。10人ぐらいの警官と、奥さんや恋人たちが集まった。にぎやかなパーティーになった。私も招《よ》ばれた。バリーと私の仲は、もう、分署のみんなが知っている。

アルが用意したイタリー・ワインが、つぎつぎと開けられた。バーベキュー・グリルからたちのぼる煙の向こうに、自由の女神が望めた。屋上を渡る風は、カラリとして、少し涼しかった。秋が深まろうとしていた。

ニューヨークの秋は短いような気がする。チェルシーでもヴィレッジでも、並木はつぎつぎと黄色く色づき、やがて散りはじめる。

秋は確実に深まっていた。と同時に、バリーとわたしの関係も深まっていった。週に2日のペースで、バリーは、わたしの部屋に泊まった。そして、開店前の店で朝食を食べる。昇進が決まった3日後にわたしがプレゼントしたネクタイをしめて出ていった。

それは、12月の中旬だった。

ニューヨークの街中に、クリスマスのイルミネーションが光っていた。わたしの店のすみにも、小さなツリーを飾った。そして、冬の限定メニューであるビーフ・シチューを、初めてつくった。

ランチタイムのお客たちが帰っていった店内。わたしが皿やフォークを片づけていると、アルが入ってきた。いつもと違い、きびきびした足どりで入ってきた。

「落ち着いてきいてくれ、アキ」

アルが言った。その瞬間、わたしは息がつまりそうになった。バリーの身に何かが起きた……。

「バリーが撃たれた」

アルが言った。わたしが持った皿の上から、フォークとナイフが落ちた。床に落ちて派手な音をたてた。アルは、わたしの両腕を軽くつかんだ。

「……だが、命に別状はない。落ち着け」

アルが言った。わたしは、止めていた息を大きく吐いた。持っていた皿を、かたわらのテーブルに置いた。なんとか立っていられる……。アルが、説明しはじめた。

さっき、23丁目にある宝石店に強盗が入った。拳銃を持った若い白人だという。

「その店に、たまたま、バリーがいたんだ」

とアル。

「バリーが、宝石店に？……」

わたしがきき返すと、アルは、うなずいた。

「あいつ、指輪を買うために、その店にいたのさ」

「……指輪……」

「ああ……君にプロポーズするために、買おうとしてたんだ。近くにいい宝石店がないかと相談されて、おれがその店を教えたんだ」

「……それで？……」

「バリーは、その店にいって指輪を選んでいた。そこへ、たまたま強盗が入ってきたってわけさ」

　とアル。肩をすくめた。

「で？」

「バリーは拳銃を抜きかけた。が、強盗の方が先に撃った。弾は、バリーの左腕をかすめた。腕の肉を少し削《そ》ぎとったぐらいだ。バリーも強盗に向けて撃ったが当たらず、強盗は、あわてて逃げ出した。まさか、銃で撃ち返されるとは予想してなかったんだろう。逃げ出すときに、店の回転ドアに手をはさんで拳銃を落としていったよ。ドジなやつだ」

「……バリーは、いま？……」

「ああ。分署のとなりにある救急病院にいるよ。いまも言ったように、左腕の外側を弾がかすめたんで、その銃創《じゅうそう》の手当てをうけてる。多少の出血をしてるんで点滴もうけてるが、元気なものさ」

「会ったの？」

「ああ、いまさっき会ってきた。あの様子なら、2、3日したら、左手を包帯で吊《つ》って職務に復帰するんじゃないかな」

とアル。微笑しながら言った。わたしは、話をきいているうちに、だんだん落ち着いてきていた。とにかく、その程度の負傷でよかった……。

「……バリーに会える？」

と、わたし。アルは、腕時計を見る。

「ああ、手当ても終わる頃だ。何か持って、会いにいってやれよ。やつ、腹が減ったって言ってたから」

とアルは言った。

その5分後。わたしは、バリーのためのビーフ・シチューを温めはじめていた。鍋《なべ》をかきまぜながら、

「で、犯人の手がかりは？」

とアルにきいた。

「ああ、やつが落としていった拳銃から指紋が採《と》れて、簡単に割り出せた。パーキーという男で、無職。万引きの常習犯だ」

「……万引き……」

アルは、うなずいた。

「これまでに3回、とっつかまってる。3回とも、食料品や靴を万引きしようとしてつかまってるよ。ケチなチンピラだな」

「……それが、強盗？……」

「ああ……。よっぽど金に困ったのかも。慣れないことをやるから、拳銃を落としていくなんてドジなことをしたんだろうな」

とアル。わたしを見た。

「……それにしても……」

と、つぶやいた。

「それにしても？……」

わたしも、アルを見た。

「バリーといえば、犯人と撃ち合いになったときの腕前は、ニューヨーク市警でもトップ・クラスだ。そのバリーが、ど素人《しろうと》の強盗に撃たれるとは……」

とアル。わたしを見たまま、ニッと白い歯を見せ、

「よっぽど真剣に指輪選びをしてて、それに気をとられてたんだな。それで、銃を抜くのが遅れたんだ」

と言った。アルは、白い歯を見せたまま、わたしを指さした。そして、

「アキ……君は幸せな女性だよ」

と言った。

わたしは、なんと答えていいかわからず、照れくさいので、手を動かす。充分に温まったビーフ・シチューを、保温用の器に入れはじめた。

ビーフ・シチューを器に入れる。きっちりと蓋《ふた》を閉める。それを、さらにタオルでくるんだ。大きめのトート・バッグに入れた。紙ナプキンでくるんだスプーンも入れた。

ダウンのコートを着る。バッグを肩にかけた。アルに店の留守番をたのむ。わたしは、店を出た。

午後のニューヨーク。どんよりとした空。ふと見上げれば、雪がちらつきはじめていた。今年はじめての雪だ。けれど、バリーがいる病院までは、3、4分だ。わたしは、コート

のフードもかぶらず、歩きはじめた。

歩いていると、アルが言ったことが胸によみがえる……。頰に当たる空気は冷たかったけれど、心の中は熱かった。通りの店のほとんどに、クリスマスのイルミネーションが輝いている。ＣＤショップからは、クリスマス・ソングが流れていた。

本降りになりはじめた粉雪の中、わたしは早足で歩き続ける。

星空のプール

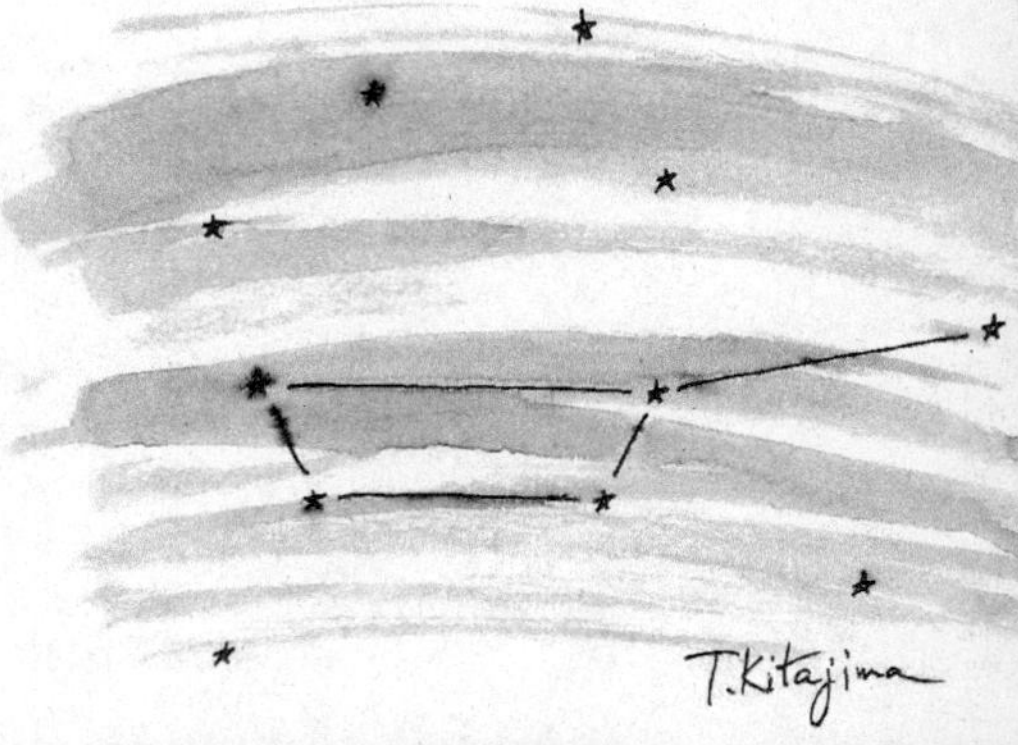

彼女は、ゆったりとしたクロールで泳いでいた。

25メートルプールのゴールまで、あと7、8メートル。インストラクターの僕は、彼女と並ぶように、プールサイドを歩いていた。

モダン・デザインで設計された室内プール。天井も、壁の片側も、ガラスばりだ。明る過ぎるほどのシンガポールの陽が射し込んでいる。彼女があげる水飛沫《しぶき》が、水晶玉のように光っていた。

やがて、彼女はプールの壁にタッチした。コースロープに上半身をあずける。競泳用のゴーグルを、額《ひたい》に上げた。僕を見上げ、

「ハイ、ジューン。いまの泳ぎ、どうだった？」

と、きいた。僕は、プールサイドに片膝《ひざ》をつく。

「とてもよかったですよ。体の軸がぶれなくなってきてますね」

と言った。彼女は青い瞳《ひとみ》を大きく見開き、

「本当に？」

と、きいた。僕は、うなずく。

「本当ですよ、キャサリン。先週よりずいぶんよくなってる」

と言った。〈先週よりずいぶんよくなってる〉は、少しほめ過ぎだ。けれど、それも僕らの仕事の一部といえる。

「そう。嬉《うれ》しいわ、ジューン」

とキャサリン。コースロープに両腕をあずけて笑顔を見せた。

僕の名前は〈高木順《じゅん》〉という。ここのスタッフや、スポーツ・サロンの会員は、だいたい、そのまま〈ジュン〉と呼ぶ。けれど、中には〈ジューン〉と呼ぶ会員もいる。

その理由は、２つあると思う。主に英語を話す彼らには、〈JUNE《ジューン》〉の方が発音しやすい。そして、もうひとつの理由は、親しみを込めて……。キャサリンの場合は、たぶん後者だと思う。

キャサリンが、プールから上がった。

ゴーグルとスイミング・キャップをはずす。プールサイドにあるデッキチェアーに置いた。僕はもう、手にしたバスタオルを彼女に渡していた。このスポーツ・サロンをつくるときに、ラルフ・ローレンに特注したオフ・ホワイトのバスタオルだ。

「ありがとう」

とキャサリン。タオルをひろげる。肩にかかる金髪を、ゆっくりとふきはじめた。あくまでも、優雅な動作で……。

彼女は、シンガポールに駐在しているアメリカ人外交官の妻だ。確か、いま30歳。29歳の僕より1つ年上になる。

白人女性は、30歳ぐらいになると体型におとろえの見えはじめる場合が多い。けれど、キャサリンは、美しいプロポーションをたもっていた。

出るところは出ている……。つまり、大人の女性の体型でありながら、少しの贅肉《ぜいにく》も感じさせない。

それは、このスポーツ・サロンでの水泳と、室内コートでのテニスによる成果らしい。

ゆったりと体をふいているキャサリンを、僕は見ていた。彼女もまた、自分の美しい体型を見られることを意識していると思う。美しいプロポーションをした会員を、感心した表情で眺めるのも、僕らの仕事といえる。

キャサリンは、タオルで腕をふきながら、

「あさっての夜、時間はない？　ジューン」

と言った。

「あさって、ですか？」

「そう。テニス仲間で、ちょっとしたパーティーをやるの。もしよかったら、こない？日本文化に興味を持ってる友人もいるし」

とキャサリン。僕は微笑をたやさず、

「お誘い、ありがとう。でも、あさっては、スポーツ・インストラクターの講習会があって……。残念ですが……」

と言った。

彼女に、誘われている。それは、わかっていた。こういうプライベートな誘いをうけたのは、これで2回目だ。

噂によると、外交官である彼女の夫は、とても忙しいらしい。他国への出張も多いようだ。最初キャサリンと会話をしたとき、彼女本人からもそのあたりのことをきかされた覚えがある。早い話、彼女は、いろいろな意味で退屈しているのだろう。そして、僕は誘われている……。

もちろん彼女は魅力的だ。美人でプロポーションがいいだけでなく、ウイットもある。けれど、僕は彼女の誘いをさけている。それは、モラルではなく職業意識の問題だ。

このスポーツ・サロンでは、インストラクターやスタッフが、会員と個人的につき合うのをいちおう禁止している。ここ全体の責任者であり、チーフ・インストラクターである僕がそれを破ったら、歯止めがきかなくなってしまうだろう。

という理由で、僕は、キャサリンの誘いをかわした。インストラクターの講習会などというのは出まかせだ。

「残念ね……」

とキャサリン。

「ええ、これでも、なかなか忙しいんです。新人スタッフの教育もしなけりゃならないし」

僕は、微笑しながら言った。

「マッサージは、どうしますか？」

僕は、キャサリンにきいた。泳いだあとのリラクゼーションとして、彼女はほとんど毎回、マッサージをうけていく。中国人女性スタッフによるオイル・マッサージは、このスポーツ・サロンの売り物でもある。

「きょうもお願い」

とキャサリン。僕は、壁にある館内電話をとった。マッサージ・サロンにかける。中国人の女性スタッフが出た。

「いま、マッサージは?」

ときくと、あいているという。

「じゃ、ミセス・ガードナーがこれからいくから、よろしく」

と言って電話を切った。キャサリンに、微笑してうなずいた。キャサリンも、微笑してうなずき返す。自分のゴーグルやキャップを持つ。

「じゃ、また」

と言った。プールから出ていった。僕は、5秒ほど、そのみごとなヒップを見送っていた。


午後9時40分。

掃除をしていた最後のスタッフ、2人のインド人たちが、僕に手を振り、

「おやすみ、チーフ」

と言って帰っていった。もう、スポーツ・サロンの中にスタッフはいない。僕は、館内をざっと点検して回る。トレーニング・ルーム。マッサージ・サロン。シャワー・ルーム。パウダー・ルーム、などなど……。まだ明かりがついているところは消していく。

そんな点検が終わると、僕はプールに戻った。ほっと、息を吐いた。

このスポーツ・サロンでの仕事をはじめて、約5年。すべての責任者になってからは1年。かなり疲れがたまっているのは、自覚している。

ここに入っている会員は、当然ながらシンガポールの富裕層だ。そして、平均年齢が高い。そんな会員に、わがままな人間が多いのは言うまでもない。

そういう会員たちからのクレームは、僕のところまで回ってくることが多い。その対応は、正直言って疲れる。

それと、スタッフの問題もある。

シンガポールには、さまざまな人種が暮らしている。中国系。マレーシア系。インド系。アラブ系。さらに、タイやヴェトナムなど、アジア各国の人種も住んでいる。

そして、うちのサロンで働いているスタッフたちも、シンガポールそのもの。さまざまな人種の人間がいる。時には、そんな人種同士のトラブルが起きることがある。

そういうトラブルも、責任者であり、ただ1人の日本人である僕が解決する必要がある。ときには、スタッフをクビにすることもある。

そうした毎日が、神経を消耗させないわけはない。

僕は、また、ふーっと息を吐いた。

誰もいない室内プール。その天井についている8つのダウンライトを消した。

すると、室内プールの風景は、がらりと変わる。明かりは、プールの水中灯だけ。蒼《あお》く淡い光を放っている水中灯だけになる。プールの水が蒼く光っているように見える。

全面ガラスの外は、夜景だ。といっても、いま目に入るのは樹々のシルエットだ。扇のような形に葉をひろげている樹……。シンガポールにきて初めて見る樹だった。葉の形から、ヤシの一種かと思ったけれど、そうではないらしい。

枝を切ると、水が出てくる。それを旅人が飲んだとされる、そのことを、僕は中国人のスタッフに教わった。そのスタッフは、メモ用紙に〈旅人蕉〉と書いてくれた。英語でも、〈トラヴェラーズ・ツリー〉と呼ぶらしい。

そのトラヴェラーズ・ツリーの、はるか遠くには、高層ホテルの明かりが見える。

広くとってある天井のガラス。その上は、夜空だ。

僕は、プールの出入口にあるシャワーを、さっと浴びる。そして、ゆっくりと、プールに入った。最初は少しひんやりと感じる水。それも、4、5秒で体になじむ。

プールの壁を軽く押す。そして、僕は背泳ぎで、静かに泳ぎはじめた。

インストラクターとしての仕事中、自分が泳ぐことは、ほとんどない。プールに入ることはあっても、それは会員にコーチをするためだ。

僕はいま、いわばロー・ギアで走るように、ゆっくりと泳いでいた。

やがて、ギアを上げる。体のこりをほぐすため、少し早めに泳ぎはじめた。といっても、全速の半分ぐらいのスピードだ。

25メートルプールを、8往復ほどした。

そして、プールのまん中辺で止まった。立ち止まり、軽く呼吸をととのえる。体が、ほどよくリラックスしているのがわかる。

僕は、一日中身につけていた競泳用の水着に手をかけた。ぴっちりと腰をしめつけていた水着を、脱ぎ去る。丸めて、プールサイドに投げた。濡《ぬ》れた水着がプールサイドに落ちる、べちゃっという音がした。

これはほとんど毎晩のことだ。僕にとって水着を脱ぎ捨てるということは、言ってみれば、サラリーマンが仕事を終えネクタイをはずすようなものだろう。

僕は、両足の足首を、コースロープにのせた。仰向けに、水に浮かんだ。こうすれば、いつまでも水に浮いていられる。

全身の力を抜き、少しゆらゆらしながら浮かんでいる。見上げる夜空には、星が3つほど出ていた。

そんな夜空を見上げ、水面に浮かんでいると、少し不思議な気分になる。たとえれば、自分が無重力の宇宙空間に浮遊しているような気分……。

そして、何も身につけずに浮遊していることが、とてもリラックスさせてくれる。もし心理学者が友人にいたら〈胎内回帰の願望〉とでも言うかもしれない。

それは知ったことじゃない。

僕は、仰向けに浮かんだまま、ふーっと大きく呼吸をした。プールに独特の匂いを、吸い込んでいた。

そう、プールの匂い……。プールの水の独特の匂い……。

その匂いのもとは、水を消毒するために入れる塩素系の薬品だ。

高級感が売りもののこのスポーツ・サロンでは、できれば、きつい匂いのする薬品を使いたくない。けれど、使わないわけにはいかないのだ。ここで泳ぐ会員たちは、みなシンガポールの金持ちだ。中には政治家もいる。

もし万一、このプールで泳いだために眼の病気に感染したとか、皮膚《ひふ》病に感染したとか、そんな噂が立ったら、大騒ぎになる。

そこで、消毒用の薬は、やはり、使う。そして、ここは室内プールだ。消毒薬の匂いは、こもりやすい。

もちろん、薬品は適量しか使わない。一般の人が気になることはないだろう。どこのプールにもある、かすかな消毒薬の匂いでしかない。

それはそれとして……このプールの匂いは、僕にとって特別な思い出につながっている……。

こうして、何も身につけず、プールの匂いに包まれているとき、僕の胸に、甘酸っぱいひと夏の思い出がよみがえってくるのだった。

あれは、小学校3年のときだった。

僕の家は、千葉県の松戸にあった。松戸の中心部からさらに離れた、小さな町にあった。そこは、いちおう首都圏でありながら、かなり田舎っぽい土地だった。まだ、畑が多く、そのところどころに住宅がある。さらに、ちょっとした倉庫も点在している。まあ、日本のどこにでもある風景だった。

僕の父はサラリーマンだった。片道2時間以上かけて東京に通勤していた。

僕は、特別な小学生ではなかった。成績は普通。ただ、体育だけは、わりとポイントが高かった。小さい頃から、体を動かすのは好きだった。

僕が特に好きだったのは水泳だ。うちの小学校には25メートルプールがあった。そして、小学1年から3年まで、クラスの担任は、水泳が得意だった。

そんなわけで、1年生のときから、夏の体育は水泳だった。その頃、僕はすでに泳げるようになっていたので、水泳の授業が楽しみだった。

小学校3年の頃には、平泳ぎだけでなく、クロールでも泳げるようになっていた。

そして、同じクラスに、水泳の得意な女の子がいた。山田由紀《ゆき》。みなは〈ユキ〉とか〈山田〉とか呼んでいた。

ユキは、水泳が得意なだけでなく、とにかく活発な子だった。放課後、男の子にまざってサッカーごっこなどをやっていた。やることは大胆だったけれど、笑顔がかわいかった。

あれは、夏休みに入って1週間ほど過ぎた頃だった。

夜の7時半。僕は、友達の家に遊びにいくために家を出た。その頃、僕の勉強部屋にクーラーは入っていなかった。暑い夏で、夜になっても、まるで涼しくならなかった。

クラスの男友達で、河村《かわむら》というやつがいた。河村の部屋にはクーラーが入っていて、しかも、やつは、最新のテレビゲームを持っていた。

だから、特に夏のあいだ、僕は、河村のところに入りびたっていた。その夜も、夕食をすますと、母に、

「河村んとこ」

とだけ言って家を出た。

もう、日は暮れていた。けれど、空気は蒸し暑かった。

歩きはじめてすぐ。小さな四つ角で、ユキとばったり会った。彼女の家は、この近くだ。家が近いこともあり、僕らは、わりに仲がよかった。

「あれ、高木君、どこいくの？」

とユキがきくので、僕は正直に、

「河村んち。あいつの部屋、クーラーがきいてるから」

と答えた。僕は逆に、彼女に、

「山田は？」

と、きいた。彼女は、Tシャツ、ショートパンツで、ビーチサンダルをはいていた。肩まである長さの髪は、少女らしく2つに束ねている。そして、

「ちょっとね……」

と言った。僕らは、並んで夜道を歩きはじめていた。ユキは、

「ちょっとね……」

と言ったきり、無言だった。お互い無言でしばらく歩いていると、ユキが、

「ねえ、高木君、秘密を守れる？」

と、きいてきた。

「秘密？……うーん、守れって言うんなら守るよ」

と僕。うなずきながら言った。彼女も、うなずく。そして、

「これから、泳ぎにいくんだ」

と言った。僕は、ちょっと驚いた。

「泳ぎにって、どこへ……」

「学校のプール」

こともなげに、彼女は言った。

「学校の？……こんな時間に？」

と僕。プールの出入口には、鍵《かぎ》がかかっているはずだ。僕がそう言うと、彼女は説明をはじめた。プールの出入口には、確かに鍵がかかっている。それは、数字を合わせるタイプの鍵だという。そしてあるとき、学校の校務員が、その数字を合わせているのを、彼女は盗み見てしまったという。

「だから、いつでもプールに入れるの」

と彼女は言った。

「暑いから、夜のプールで泳ぐの、気持ちいいわよ」

とユキ。

「……でも、水着は？」

僕は、きいた。彼女が手ぶらだったからだ。

「水着なんか、いらないわよ。夜なんだもん」

彼女は、ケロッとした口調で言った。ということは、裸で泳ぐということだろう……。

僕が何を言おうか迷っていると、

「そうだ。高木君も一緒に泳ごうよ」

と彼女。僕のTシャツのソデを引っぱった。

結局、僕らは学校の方に歩きはじめていた。

彼女の父親は若い頃に病死して、彼女は母ひとり子ひとりで育ったという。そのお母さんは、当然働いている。いまはファミレスで働いていて、2日に1回は、帰りが11時を過ぎるとユキは言った。

そんな話をしているうちに、学校に着いた。

うちの学校は、畑の中にある。校舎と校庭があり、プールはそのとなりにある。クルマがやっと1台通れるぐらいの道があり、校舎からはそこを横切ってプールにいくことになる。

僕らは、プールの出入口にやってきた。プールの周囲には、高さ2メートルぐらいの金網《フェンス》が張られている。そのフェンスの1ヵ所が出入口になっている。

出入口には、鍵がかかっている。確かに、数字を4つ合わせるタイプの鍵だった。彼女は、その鍵に手をのばした。街灯の薄明かりの中で、数字を合わせている。

やがて、鍵があいた。フェンスの扉を、彼女が開いた。僕らが中に入ると、彼女は、また扉をしめた。

コンクリートの段を5段ほど上がると、プールサイドだった。左側に、更衣室とシャワー室がある。

目の前に、プールがあった。真っ暗ではない。少し離れたところにある街灯の明かりが、かすかにプールサイドにとどいていた。

プールサイドのコンクリートに立つと、足もとから熱気が伝わってきた。きょうも快晴。強い陽射しが、一日中照りつけていた。その陽射しをうけていたプールサイドのコンクリートは、昼間の熱気をそのまま残していた。

「さ、泳ごう」

ユキが言った。むこうを向く。

「見ちゃダメよ」

と言いながら、もう、Tシャツを脱ぎはじめた。彼女がTシャツを頭からすっぽりと抜くと、薄明かりの中で、背中が見えた。その年齢《とし》なので、まだブラジャーはつけていない。僕は、少しあわてて彼女に背中を向けた。なんだか、胸がドキッドキッとしていた。自分が着ていたTシャツを脱いだ。

そのとき、ザブッという音がした。ふり向くと、彼女はもう、水の中にいた。服は、プールサイドに丸めて置かれていた。彼女は、水中から頭と手を出し、

「早くおいでよ！」

と言った。そして、平泳ぎで、すいすいと泳ぎはじめた。僕は、もそもそと、ショートパンツと下着を脱いだ。脱いだ服を、ビーチサンダルの上に置いた。

そして、風呂《ふろ》に入るようにゆっくりとプールの水に入った。プールの水も、昼間の陽射しをうけて、なま温かかった。僕は、はじめ、ゆっくりとした平泳ぎで進みはじめた。

プールに、コースロープは張られていない。僕とユキは、適当にプールを泳ぎ回りはじめた。

確かに、蒸し暑い夜に、プールで泳ぐのは気持ちよかった。裸で泳いでいることにも、すぐに違和感がなくなっていった。何か不思議な解放感もあった。

しばらく泳ぐと、僕は、仰向けになって水に浮かんだ。ごくゆっくりと足を動かしてい

ればﾞ、水面に浮かんでいられた。僕は、そうして、夜空を見上げていた。

ふいに、腕を引っぱられた。水中に潜ったユキが、僕の手をつかんで引っぱったのだ。僕の頭は、水中に。鼻から、思いきり水を吸ってしまった。プールの水の、消毒薬の匂いが、鼻をつき抜けた。

ここは小学校のプールだ。低学年の子の中には、中でおもらししてしまうのもいるだろう。水質の管理も、万全とはいえないはずだ。だから、消毒用の塩素は、かなり多く入れてあるようだ。

そんなわけで、プールの水は、かなり薬品の匂いが強かった。子供心にも、それは覚えている。

僕は、水面に顔を出す。笑っているユキを追いかけはじめた。追いつくと、僕らはしばらく、水中でふざけ合っていた。

やがて、彼女が、

「ひと休み」

と言った。プールサイドに上がった。水面から見ていた僕の胸は、またドキリとした。

プールの水中にいる間、お互いの体は、あまり見えない。けれど、プールサイドに上がれば、見えてしまう。離れた街灯のほのかな明るさの中で、いま、彼女の全身が見えていた。

ユキは、後ろで2つに束ねている髪を両手で持ち、水を絞っていた。女らしい肉づきなどはない。細く、すんなりとした体つき。ほんの少しの点をのぞけば、男の子とあまり変わらない体つきだった。

その少しの点とは、くっきりとワンピース水着の灼《や》けあとがあることだ。

やがて、

「耳に水が入っちゃった」

と彼女。プールにいる僕を見て言った。頭を傾け、耳の上あたりを軽く叩《たた》いている。

薄暗い中とはいえ、自分の全身が見えているのは、わかっているはずだ。けれど、僕から4、5メートルしかはなれていないところで、突っ立っている。どこも隠《かく》さずに……。

そういえば、さっき服を脱ぐとき、〈見ちゃダメよ〉と彼女は言った。その口調に、本当に〈ダメ〉というニュアンスは感じられなかった。何か、くすぐったいような、ちょっと甘えたような雰囲気があった。

そしていま、何も身につけず、僕と泳いだり、じゃれ合ったりしているのを、彼女はあきらかに楽しんでいるようだった。

あの頃の、小学3年生……。無邪気さと、めばえはじめたセクシャルな感覚が混ざりあった、そんな微妙なところに、彼女も僕もいたのだと思う。

彼女は、耳の水抜きを終える。プールサイドに、寝転がった。仰向きに、ぺたりと寝転がった。

僕も、プールから上がった。彼女と少しはなれて、プールサイドに寝転がった。コンクリートの温かさを、背中や尻《しり》に感じた。

「あったかい」

僕は言った。

「ちょっと寝っ転がってれば、体が乾いちゃうわ。だから、タオルもいらないの」

と彼女が言った。

僕らが見上げている夜空には、かなりたくさんの星が出ていた。このプールは、畑に囲まれている。近くに明るい建物などない。だから、空にまたたいている星は、よく見えた。

しばらく空を見上げていたユキが、

「オムスビザ」

と言った。僕は、なんのことかわからず、

「え？」

と、きき返した。彼女は、寝転がったまま、空を指さし、

「ほら」

と言った。どうやら、夜空の星を指さしているらしい。僕がまだ黙っていると、彼女は、一度立ち上がる。僕のそばにきて、並んで寝転がった。そして、空を指さす。散らばっている星をさして、

「ほら、あれと、あれと、あれを結ぶと、三角のオムスビになるでしょう」

と言った。僕にも、やっと、その意味がわかった。散らばっている星。その大きめの3つを結び、彼女は自分で星座をつくったらしい。それが三角形なので、オムスビ。〈オムスビザ〉は、〈オムスビ座〉だったのだ。

「そっか……」

僕が言うと、彼女は、また空を指さした。7つぐらいの星を指さして、

「バナナ座」

と言った。確かに、そう言われれば、星たちは、バナナの形に結ばれる。僕も、星たちを眺め、自分の星座をつくろうとする。やがて、空を指さす。

「あれと、あれと、あれと……」

と5つの星を指さした。5つの星を結ぶと野球のホームベースにならないこともない。

僕が、

「ホームベース座」

と言うと、彼女が、

「え？　どれとどれ？」

と言った。僕の方に、体を少しずらした。肩と肩が、軽くふれ合った。僕は、またドキリとした。なんせ、僕らは、何も身につけていないのだから……。けれど、彼女は、そんなことを気にする気配もない。

「どの星と、どの星よ」

と、きいた。僕が、また5つの星を指さすと、

「うーん、まあまあね……」

と言った。

僕らは、そんな星座ごっこにあきると、またプールに入った。泳いだり、じゃれ合ったりした。また、プールサイドに上がり、体を乾かしながら星座ごっこをした。体が乾くと、服を着た。服を着ると、僕らはプールを出る。出入口に鍵をかけて、歩き出した。

夜道を歩きながら、彼女が言った。また、あさっても、ここで泳ごうよと言った。彼女の母親は、月・水・金の3日間、帰りが夜中近くになるという。あさっては水曜だ。

「ねっ、また、あさって」

という彼女。僕は、小さく、うなずいた。

それから、毎週、月・水・金の夜、僕と彼女はプールに忍び込む。何も身につけずに泳いだ。水中で、じゃれ合った。プールサイドに寝転がり、星座ごっこをした。

その夏、彼女と僕は、いくつもの星座を勝手につくった。〈エビフライ座〉〈フライパン座〉〈ホタテ座〉などなど……。

彼女がつくる星座は、料理関係のものが多かった。僕がその理由《わけ》をきくと、彼女はしばらく考え、話し出した。彼女の母親は、ファミレスの厨房《ちゅうぼう》で仕事をしているという。そして、家でも、よく料理をつくるらしい。料理をしているときの母親は楽しそうだという。

「だから、わたしも、大きくなったらレストランの仕事をしたいの」

と彼女は言った。まだ小学3年生だから、具体的にはわからないのだろう。けれど、とにかく将来は料理にかかわる仕事をしたいという。それをきいて、僕は驚いた。サラリーマンの息子で、将来のことなど何も考えたこともなかった僕は、それをきいて、かなり驚いていた。

夏が過ぎていく。

僕らは、必ず、月・水・金の夜、プールに忍び込んでは泳ぎ、じゃれ合った。たまに体の一部がふれることはあったけれど、それ以上のことは何もなかった。

夏休みが終わり、2学期がはじまっても、僕と彼女は、夜のプールに忍び込んでいた。特に暑い夏で、9月に入っても熱帯夜が続いていた。

けれど、9月の中旬になると、さすがに涼しくなりはじめた。夜のプールサイドに寝転がっていると、あたりから、虫の鳴き声がさかんにきこえていた。肌をなでる風も、もう、蒸し暑い真夏のものではなくなっていた。空気の中に、少しひんやりとした秋の匂いがしていた。僕らの夏が終わろうとしていた。

小学校の4年になると、クラスがえがあった。僕とユキは、別々のクラスになった。話す機会も少なくなった。

やがて、4年生の夏がきた。けれど、彼女から、夜のプールで泳ごうという誘いはなかった。この1年で、僕も彼女も、ひとつの虹《にじ》を渡ってしまったのだ。無邪気に裸で泳いだ季節は、すでに過ぎ去ったのだろう。小学生の僕にも、それはわかった。

小学校を卒業。僕と彼女は、別々の中学に進学した。彼女が公立中学に進み、僕は私立に進んだ。最後に彼女の噂をきいたのは、中学3年生の頃だった。母親が再婚することになり、彼女も一緒に引っ越していったという。

僕は高校生になり、ガールフレンドができた。いわゆる初体験もした。大学生になり、少し年上の恋人ができたりもした。

そうして大人になったいまも、僕はあの夏が忘れられない。ユキと夜のプールで過ごした、小学3年生の夏が忘れられない。

僕にとっての初恋といえる彼女とのひと夏……。

それは、水に飛び込んだとき鼻にツンとくるプールの匂いをともなって、僕の中で輝き続けている。

いま、29歳になり、このシンガポールのプールに浮かんでいても、小学3年生のひと夏は、少しくすぐったく、同時に甘酸っぱい思い出として、心によみがえってくるのだ。

そんな追憶にひたっているときだった。ふいに、人の声がした。

どうやら、女の声だった。

僕は、あわてて、コースロープにのせていた足首をおろす。プールの中に立つ。声のした方をふり向いた。プールサイドに人影……。それが、薄暗い中でもわかった。

やがて、

「ハロー」

という声がした。若い女の声だった。目をこらす……。プールサイドに立っているのは、Tシャツ、膝たけのパンツという服装の女だった。どうやら、東洋人らしい。

僕は、そっちに向かい水中を歩きはじめた。

さっき、1人でスポーツ・サロンの中を巡回したとき、正面の出入口の鍵は閉めなかったのを思い出していた。シンガポールは、とても治安がいいので、それは毎晩のことになっていた。最後、僕がここから帰るときに鍵をかけるのだ。

僕は、プールサイドに近づいていった。立っている女性の姿が、はっきりと見えてくる。中国系かヴェトナム系。20歳《はたち》ぐらいに見えた。

ストレートな髪は、まん中から分けている。薄いブルーのTシャツ。膝たけのショートパンツは白。近づいていく僕に、また、

「ハロー」

と言った。僕は、プールの端までたどり着いた。水中から彼女を見上げた。なんと言おうか、一瞬、迷った。けれど、とりあえず、シンプルな英語で言った。

ここは、会員制のスポーツ・サロンだ。無断で入ってはいけない。そういう意味のことを彼女に伝えた。彼女は、うなずく。

「それは、わかってるわ。でも、お願いがあるの」

と言った。

「お願い？」

と僕。彼女は、また、うなずいた。そして、

「ここで泳がせてほしいの」

と言った。

「だから、ここは会員制のプールなんだって言ったじゃないか」

僕は言った。

「だって、いま、誰もいないでしょう？」

と彼女。

「そういう問題じゃなくて」

僕は言いかけた。プールのへりに手をかける。水から上がろうとした。けれど、自分が水着を身につけていないことを思い出した。さっき脱ぎ捨てた競泳用の水着は、プールサイドだ。プールのへりから50センチぐらい先に落ちている。

僕は、手をのばし、自分の水着をとろうとした。けれど、彼女の方がすず早かった。さっと手をのばし、水着をつかんでしまった。それを、自分の後ろに隠した。

「返してくれよ」

僕は言った。けれど、彼女は首を横に振った。

「いや。わたしの話をきいてくれなかったら返さない」

と言った。その水着がなければ、僕がプールから上がれないことは気づいているのだろう。同時に、その言葉には、何か切実なものが感じられた。僕は、軽くため息……。

「オーケイ、じゃ、ごく簡単に話をきこうか」

と言った。

彼女は、うなずき、話しはじめた。彼女はヴェトナム人。水泳の選手なのだという。この前まで、シンガポールで一番大きいスイミング・クラブで泳いでいた。

ところが、つい2ヵ月前、父親が事故死をしてしまった。彼女の家族は、ヴェトナム料理の店をやっているのだが、父が亡くなり、母と彼女が店を切りもりする必要にせまられた。

店の手伝いに忙しくなり、同時に経済的な余裕もなくなり、彼女はスイミング・クラブをやめざるをえなくなった。

「アジア大会に出るのが夢だったのに……」

と彼女は言った。つぶやくように言ったその言葉には、少し切ない雰囲気が漂っていた。

「それでも、わたしは泳ぐのが好きだから……力一杯泳ぐのが好きだから……」

と彼女。

このスポーツ・サロンのことは、以前から知っていたという。そこで、もし、ここのプール掃除でもできたらと思った。夜、プール掃除などをして、そのかわりに、少しでも泳がせてもらえないか……そう思って、やってきたという。

その言葉に、まったく嘘はなさそうだった。嘘を言っている顔ではなかった。

「水泳選手か……」

僕がつぶやくと、彼女はうなずいた。僕は、しばらく考えた。そして、

「……わかったよ。とりあえず、今夜はひと泳ぎしていいよ。水着は持ってきてるのか？」

と言った。彼女は、うなずいた。見れば、小さなビニールのバッグが足もとにある。

「本当に泳がせてくれる？」

「ああ……」

「途中で追い出したりしない？」

「しないよ」

僕は、ちょっと苦笑しながら言った。そして、

「あっちにいくと、ロッカー・ルームがあるから、そこで着替えておいで」

と言った。彼女の表情が、ふっと明るくなった。彼女は、僕の方に2、3歩近づいてきた。持っていた僕の水着を、さし出した。僕は、それをうけとった。彼女は、ロッカー・ルームの方に早足でいった。

僕は、水中で水着を身につける。プールから上がった。そうしながら、この突然の出来事について考えていた。……まあ、いいではないか。彼女にひと泳ぎさせても、なんの問題もない。僕自身、早く部屋に帰っても、猫一匹待っているわけではないのだから。

僕は、壁のスイッチにふれる。プールの照明をつけた。ここのダウンライトには、調光機がついている。僕は、普通の半分ぐらいの明るさに光量を調節した。

やがて、彼女がプールサイドに戻ってきた。

ごく普通の競泳用水着を身につけている。肩まである髪は、紺色のスイミング・キャップの中にまとめられている。競泳用のゴーグルを手に持っていた。

身長は、ごく普通。ごつい筋肉は感じさせない。すんなりとした体型をしていた。腕と

脚《あし》は長い。ほとんど陽灼けはしていない。

彼女は、両腕を何回かぐるぐると廻《まわ》した。その動作で、背泳ぎをするのだとわかった。

僕は、

「泳いでいいよ」

と彼女に言った。彼女は、うなずいた。ゴーグルをつける。プールのへりから、水に入った。眼に当てたゴーグルの位置を少しなおす。

プールのへりに手をかけた。プールの壁を軽く蹴《け》る。背泳ぎで泳ぎはじめた。それを見ていた僕は、思わず、〈ほう〉と胸の中でつぶやいていた。

彼女の泳ぎが、予想をはるかにこえて上手だったからだ。確かに、彼女は自分を水泳の選手だと言った。けれど、ここまでいい泳ぎをするとは思っていなかった。

彼女の背泳ぎは、並《なみ》のアマチュアのものではなかった。長く、すんなりとした腕が、水中からすっと出る。きれいに指をのばして半回転。また水中に消えていく。

彼女は、僕に気をつかってか、充分な準備運動もしていない。だから、いまの泳ぎは、全力を出していないだろう。せいぜい、60パーセントか70パーセントの力で泳いでいるようだ。

それでも、かなり速い。

派手に水飛沫《しぶき》を上げる、力感にあふれたタイプの泳ぎではない。が、速い。長い手脚が、上手に水をつかまえているのだろう。以前、背泳ぎの選手だった僕には、それがわかった。あっという間に、25メートルを泳ぎ、ターン。彼女は、一瞬、首を曲げ、コースロープを見た。コースロープは、プールの端まであと5メートルというところから色が変わっている。彼女は、それを一瞬見て、ターンのタイミングをとったのだろう。

そして、ターン。上手《うま》い。スムーズに体が回り、プールの壁を蹴った。

しばらく、バサロで進む。しなやかに体が波うつ。再び水面に出て、背泳ぎのストロークに戻った。最初の25メートルより、少しピッチを上げたようだった。

「……悪くないな」

僕は言った。プールサイドから、水中の彼女を見おろし、微笑して言った。

彼女が、25メートルプールを12往復したところだった。彼女は、コースロープに上半身をあずけ、呼吸をととのえている。最後の2往復。彼女は、たぶん全力に近いスピードで泳いだ。いま、ロープにもたれて、呼吸をととのえている。僕は、そんな彼女に、〈悪くないな〉と声をかけたのだ。

彼女は、ゴーグルを額に上げる。僕を見上げる。まだ、息が荒い。それでも、僕の方に、笑顔を見せた。たぶん、ひさしぶりに泳いだのだろう。その嬉しさが、表情にあふれていた。

その約30分後。

僕と彼女は、スポーツ・サロンを出ようとしていた。2人とも、シャワーを浴び、自分の服に着替えていた。僕らは、サロンの出入口から外に出た。もう、真夜中だった。シンガポールならではの、湿気をたっぷりふくんだ夜気……。蒸しタオルを顔に当てられたような感じだ。

僕は、サロンの出入口に鍵をかける。彼女と、建物のわきにある駐車場に歩いていく。昼間は、高級車が並ぶ駐車場。いまは、ガランとしている。

そのすみに、僕がアシとして使っている小型の日本車がある。少しはなれた所に、スクーターがあった。この国の女性がよく乗っている小排気量のスクーターだ。

僕と彼女は、並んで駐車場を歩いていく。湿った夜気の中に、植物の匂いが感じられた。

「……また、明日も、泳ぎにきていい？……」

遠慮がちな小声で、彼女が言った。そして、

「よかったら、プールの掃除でもなんでもするから」

と、つけ加えた。僕は、ほんの少し考え、微笑した。

「プール掃除は、いいよ。夜の10時を過ぎたら、ほかに誰もいなくなるから、泳ぎにくればいい」

と言った。

「ほんと？」

と彼女。僕は、うなずいた。

「ありがとう。……わたしは、イェンよ」

「おれは、ジュン」

と名のり合った。お互い、小さく、うなずく。それぞれのクルマとスクーターに乗り込んだ。イェンは、1度、僕に手を振り、駐車場を出ていった。


19階の窓からは、シンガポールの夜景が見えた。

ラッフルズ・シティの近くにある高層アパートメント。その1916室が、僕の部屋だ。日本的に言うと、1LDK。ひとり暮らしには、充分すぎる広さだ。

僕は、冷蔵庫から、タイ製のシンハー・ビールを出してくる。瓶を開け、ラッパ飲みしていた。ソファーに、体をあずける。

さっきの出来事を、心の中でプレイバックしていた。

突然あらわれた、ヴェトナム人のイェン。思いきり泳ぎたいという切実な表情。そして、並のアマチュア・レベルではない泳ぎ……。僕は、そんな彼女のことを、プレイバックしていた。

1本目のシンハーを飲み終えようとした頃……。僕は、自分に問いかけていた。

今夜、彼女を泳がせたのは、まあいいだろう。けれど、明日からも泳ぎにきていいと言った、あの自分の気持ちは、なんだったのだろう……。謎だ……。

そのことを、自《みずか》らに問いかけていた。問いかけながら、2本目のシンハーを飲んでいた。

いろいろと考えているうちに、ビールの酔いが回ってきてしまった。やはり、疲れているのだろう。とりあえず、わかるのは、あのイェンの、泳ぎたいという切実な思い。それに応《こた》えてやるのは、悪いことではない……。そのことだ。

僕は、飲み終えた2本目のシンハーを、ゴミ箱に放り込んだ。アクビをしながら、ベッドに入った。

翌日。夜9時半。掃除を終えたスタッフたちが帰っていった。

スポーツ・サロンにいるのは、僕ひとりになった。僕は、いつもの通り、サロンの中を巡回した。消してもいい照明は消していく。

そうしながらも、気づいていた。自分の気分が少し高揚しているのに気づいていた。もちろん、その理由は、イェンだ。彼女の存在が、気分を高揚させていることに間違いはない。

彼女の持っている何かが、僕には気になるのだ。その何かが、まだわからない。……謎のままだ。プールサイドで、そんなことを考えていると、小さな足音がした。

イェンが、プールサイドに入ってきた。今夜は黄色いTシャツを着て、膝たけのパンツをはいていた。僕を見ると、少しはにかんだように微笑し、

「ハイ」

と言った。僕も微笑し、うなずいた。ロッカー・ルームの方を指さし、

「着替えておいで」

と言った。彼女は、うなずき、歩いていった。すぐ水着に着替えてきた。

「泳ぐ前のストレッチは、きちんとやった方がいい」

僕は言った。このプールサイドには、ストレッチ用のマットが用意してある。2メートル四方ぐらいの、ビニール張りのマットだ。泳ぐ前、準備運動としてのストレッチが、その上でできるようになっている。

彼女は、うなずく。マットの上で、準備運動をはじめた。僕は、それを眺めていた。

イェンの準備運動は、きちんとしたものだった。競泳をする前に体をほぐす……その動作は念入りで、正確だった。シンガポールで最大のスイミング・クラブで泳いでいたというのは、うなずける。準備運動のあい間に、僕らは、何気ない話をはじめた。

「学校は、いま？」

僕が、きいた。

「ハイスクールは、もう卒業したわ。でも、大学にいくのは、ちょっと無理ね……」

「そうか……。じゃ、いま……」

「19歳よ。19歳と5ヵ月。でも、ヴェトナムの娘《こ》は若く見られるから、ときどき、高校生と間違われるわ……」

軽く苦笑しながら、イェンは言った。

19歳ときいて、僕は、胸の中でうなずいていた。イェンの持っている雰囲気は、その年齢そのものだった。

19歳……。大人の女であり、同時に少女らしさも残している微妙な年頃だ。

イェンの顔は小さい。高くはないが、かわいらしい形の鼻。そして、黒目がちの瞳。

よく見れば、ところどころに水泳選手らしい筋肉を感じさせるけれど、全体には、ほっそりとした体つき。のびのびとした手脚《あし》……。

その雰囲気は、女でありながら、同時に、簡単な会話を続ける。まだ少女でもあるという年齢ならではのものだ。

慎重にストレッチしているイェンと僕は、簡単な会話を続ける。

「アジア大会に出るのが夢だって?」

僕がきくと、彼女は、うなずいた。そして話しはじめた。

アジア大会の、シンガポール代表選手を決める大会が、あと3ヵ月ではじまる。

彼女も、それにトライしたいという。この前まで泳いでいたスイミング・クラブは、やめざるをえなかった。けれど、シンガポールの水泳連盟に、強化選手としては、まだ登録されている。だから、代表選手を決める大会には、問題なく出場できる。

彼女は、そう言った。

「3ヵ月後か……」

僕は、つぶやいた。彼女は、首をタテに振った。

「なんとか、予選だけでも通りたいの」

と言った。肩のストレッチをしながら言った。その眼が、ちょっと切ないほど真剣だった。僕は、軽く冷やかそうと思っていた。が、その眼の光には、そんなことを思いとどまらせる強さがあった。

僕は、しばらく考えていた。何かの時のために、首から下げているホイッスルを、手でいじっていた。そして、

「……わかった」

と言った。彼女が、ストレッチを止めて僕を見た。

「わかった。じゃ、できるだけ力になろう」

僕が言うと、彼女の表情が変わった。

「本当に？」

「……ああ……」

僕は、うなずいた。そして、簡単に説明した。僕が、日本の体育大学を出ていること。大学1年までは、背泳ぎの選手だったこと。そのあたりのことを話した。彼女は、うなずきながら、きいている。僕は話し終わる。

「……だから、そこそこ力にはなれると思う」

と言った。

彼女が、プールに入った。

「しばらくは、軽く流して。体がほぐれたところで、タイムを測ってみよう」

僕は言った。彼女は、うなずく。ゴーグルをしっかりと眼に当てる。ゆっくりとしたペースで泳ぎはじめた。

泳いでいるイェンを見ながら、僕は、ふと思っていた。僕が、日本の競泳の世界をはなれて、かなりたっている。いまの日本の競泳界で、アジア大会がどのくらいの価値を持つのかは、あまりよくわからない。けれど、東南アジアの中心にあるシンガポールの水泳選手にとって、アジア大会は、相当に高い価値を持つものかもしれない。

彼女、イェンと話していると、そんなことが想像できた。

「じゃ、そろそろタイムを測ってみようか」

僕は言った。イェンは、もう、10回ぐらいプールを往復した。その最後の方は、かなり速いピッチで泳いでいた。

イェンは、うなずく。眼に当てているゴーグルを少しなおす。僕は、何メートルの競技に出るのか彼女にきいた。イェンは、

「100メートルよ」

と言った。僕は、うなずいた。100メートルということは、25メートルプールを2往

復だ。僕は、片手にストップ・ウォッチを握った。

「いつでもスタートしていい。スタートしたときにストップ・ウォッチを押すから」

と彼女に言った。彼女は、うなずく。プールのへりに、手をかけた。両足を、プールの壁に当てる。プールの壁を蹴った。僕はもう、ストップ・ウォッチを押していた。

イェンは、10メートル以上バサロで進む。水面に顔を出す。フルスピードで泳ぎはじめた。僕は、彼女の泳ぎを見守っていた。

やがて、25メートルのターン。彼女は、うまいタイミングでターンをした。そして、またバサロ。そして、フルスピードで泳ぐ。

1往復してターン。つまり、50メートル泳いだところで、僕は、ちらっとストップ・ウォッチを見た。

50メートルの中間タイムとしては、悪くない。短水路であることを考えても、かなりいいタイムだ。

競泳の場合、50メートルプールで泳ぐのを、長水路。25メートルプールで泳ぐのを短水路という。

そして、背泳ぎだと、1回ターンをすることで、タイムはちぢまる。ターンで壁を蹴る。そしてバサロ。それによって、タイムはちぢまるのだ。

100メートル背泳ぎの場合。50メートルの長水路だと、ターンは1回。25メートルの短水路で泳げば、ターンは3回。長水路より、2回多くターンする。その分、タイムはちぢまる。2回のターンで、2秒近くちぢまるだろう。

タッチ！

イェンが、100メートルを泳ぎ切った。僕は、彼女がプールの壁にタッチした瞬間に、ストップ・ウォッチを止めた。

タイムを見た。短水路のタイムとしても、かなりいい。僕が覚えている、女子の短水路日本記録にはだいぶ遅れている。けれど、いちおう、トップ・スイマーのタイムとは言えるだろう。

「タイムは？」

水面で呼吸をととのえながら、イェンがきいた。僕はタイムを言った。彼女は、軽く唇をかみ、うなずいた。

「以前より、タイムが落ちた？」

僕がきくと、小さくうなずいた。父親の急死から、この5ヵ月ほどは泳いでいないという。5ヵ月のブランクは、どんなスポーツ選手にとっても大きく響くはずだ。

そのせいだろう。いま3回ターンしたうちの1回は、なかば失敗といえる。タイミングがうまくとれていなかった。泳ぎにも、いくつかの欠点が見えた。

その夜。イェンは、100メートルを11本、全力で泳いだ。タイムは、1回ごとに、わずかだけれどちぢまっていった。わずかだけれど……。

やがて、彼女は、ゆっくりと泳ぎはじめた。クールダウンしはじめた。ずっとプールサイドから見ていた僕は、プールのダウンライトを消した。水に入る。自分の体をほぐすために泳ぎはじめた。僕らは、となりのコースを、同じ方向に、ゆっくりと泳ぐ……。

「星……」

イェンが、つぶやいた。上を指さして、つぶやいた。

僕とイェンは、もう、泳ぐのをやめていた。コースロープに背中をのせ、仰向けに浮かんでいた。全力で泳ぐには、この温水プールの水温は高い。けれど、こうして浮かんでいるには、ちょうどいい。全身の力を抜いて仰向けに浮いているには、ちょうどいい水温だ。

そのとき、近くで浮かんでいたイェンが〈星……〉とつぶやいたのだ。

僕も、目をこらした。天井のガラス。その向こう。夜空に、いくつかの星が出ていた。

イェンは、それを指さして、つぶやいたのだ。そして、じっと夜空を見上げている……。

そのときだった。一種の既視感《デジャヴ》にも似た思いが、僕の中にわき上がった。これは、いつか、どこかで経験した瞬間……。

それがいつのものか、気づくのに時間は必要なかった。小学校3年だったあの夏だ。ユキとふたり。忍び込んだ夜のプール。裸で泳ぎ、星空を見上げていたあのひと夏だ。

僕の中で、きのう感じた謎がとけていく……。

イェンに、このプールで泳ぐことを許した、その理由がわかった。僕は、なかば無意識のうちに、イェンの中に小学3年生だったユキの面影を見ているのだろう。

ほっそりとした体つきで泳ぐ少女……。黒眼がちな瞳……。そして何より、僕と彼女を包むプールの匂い……。

イェンと出会ったとき、僕の中で、あの甘酸っぱいひと夏の記憶が、よみがえったのだろう。

そして、いま、スイマーとしてのイェンに、力を貸そうとしているらしい。

そうだったのか……。僕は、イェンと並んで、ゆらゆらと水に浮かびながら、胸の中でつぶやいていた。同時に、そのことは、別に悪いことではないとも思っていた。

翌日も、夜の10時過ぎに、イェンはやってきた。水着に着替え、ストレッチし、泳ぎはじめた。

100メートルを4本ほど泳いだところで、僕は、彼女にアドバイスをした。泳ぎの後半になると、少し、体の軸がぶれる。たぶん、りきみが出るのだろう。そのことを、簡単にアドバイスした。

5本目から、そのことを意識しながら彼女は泳ぎはじめた。わずかずつだけれど、タイムがちぢまっていく……。その夜、イェンは、100メートルを12本泳いだ。その中のベスト・タイムは、きのうより、少しちぢまっていた。

やがて、練習は終わった。僕と彼女は、クールダウンするために、ゆっくりとひと泳ぎ。そして、コースロープに背中をのせて、水面に浮かんだ。

ガラスごしの夜空を見上げ、イェンが口を開いた。

「ねえ、ジュン……」

と僕に声をかけた。僕は、彼女の方を見た。鼻は高くないが、それなりに整った横顔が、薄明かりの中に見えた。

「……ジュンは、なぜ、この仕事をしてるの？」

とイェンがきいた。僕は、少し考えていた。そして、ぽつっ、ぽつっと、話しはじめた。

中学を卒業し、高校生になった。僕は、あい変わらず水泳を続けていた。高校では、水泳部に入った。

この頃から、自分の種目は背泳ぎと決めていた。かつて国民的ヒーローになった鈴木大《すずきだい》地《ち》の影響もあったと思う。

僕は、かなり真剣に水泳の練習をした。その水泳部員の中でも、ずば抜けて練習量が多かったと思う。高3のときは、県大会でも入賞した。

高校の卒業が近づく。僕は、迷わず東京にある体育大学への進学を決めていた。

体育大に進み、同時に、有名なスイミング・クラブにも入った。自分自身の思い入れとしては、国際大会に出られるようなトップ・スイマーをめざしていた。

ところが、その夢は、大学1年が終わる頃には、消え去っていた。

全国からトップ・クラスの人間たちが集まってくる体育大、そしてスイミング・クラブ。その中で、僕は、ごく平均的なスイマーでしかなかった。県大会で入賞するのがせいぜいの選手……。

いくら猛烈に練習しても、トップ・クラスのタイムを出すことはできなかった。国際大会に出場するようなタイムには届かなかった。

国際大会に出場するようなトップの選手たちとは、決定的に違うのだ。子供の頃からの練習、そして、持ちあわせた素質……。そこに、決定的な差がある……。それを、僕は、1年間のあいだに思い知らされた。

大学2年の春。僕はもう、日本のトップ・スイマーになるという夢は捨てていた。あとは、体育教師になるか、水泳教室のインストラクターになるか……。そんなふうに気持ちを、切りかえようとしていた。

そんな大学2年の夏頃、面白い話が耳に入った。

ある大手のホテル・チェーンが、会員制のスポーツ・サロンをシンガポールにオープンするという。

そのホテルは、何年か前、ロサンゼルスでスポーツ・サロンをオープンしたらしい。もともとあったホテルのとなりに、高級なスポーツ・サロンをつくった。それが、当たったという。

スポーツ・クラブではなく、あくまで〈スポーツ・サロン〉。それが、ビバリーヒルズなどに住む金持ちの人気を呼んだという。もちろん、リッチな雰囲気。そして、日本人ならではの、きめ細かいサービス。それらが、LAの富裕層にうけたらしい。

そして、金持ちの多いシンガポールに、同じようなスポーツ・サロンを開くことになったという。

オープンは3年後だ。が、そこで仕事をするインストラクターの養成を、いまからはじめるという。そのインストラクターの求人が、僕のいる体育大にきたのだ。

僕は、その条件をよく見た。3年後、スポーツ・サロンがオープンするときから、シンガポール勤務。それまでは、スポーツ・インストラクターとして体育大で勉強する。特に、水泳やそれにかかわる、さまざまな勉強。

そして、シンガポールで仕事をするのだから、英語ができなければならない。体育大へいきながら、夜、英会話スクールに通う。この授業料は、むこうが出してくれるという。

僕は、その話に興味をもった。このまま、日本で体育の教師になるのも、あまり楽しくなさそうだ。おまけに、シンガポールという土地への憧《あこが》れもあった。

僕は、その面接をうけ、相手の話をきいてみた。

僕と会った中年の担当者は、上質なスーツを着て、穏《おだ》やかな口調で話した。

この仕事は、スポーツ・インストラクターでありながら、どちらかといえばサービス業に近いと彼は言った。

スポーツ・サロンにくる会員は、富裕層の人たち。主に中年から上の年齢の人が多い。健康を維持するため、あるいは美容のために、やってくる。けして、アスリートをめざしているわけではない。

そんな会員を相手にする仕事だから、普通のスイミング・スクールのコーチをやるのとは、はっきりと違う。ホテルマンのような、ていねいで、きめ細かいサービスが必要だと、担当者は言った。

「そこら辺を割り切れるなら、うちにきてもらいたい」

と言った。僕は、ほとんど迷わなかった。

うちの体育大からは、3人が面接にいったけれど、僕だけが、その条件にのった。

僕の中で、トップ・スイマーへの夢は、とっくに醒《さ》めていた。トップ・スイマーへの夢を強く持っていただけに、夢が破れたあとの醒め方も決定的だった。必死で練習している連中を見ても、もう特別な思いを抱かなくなっていた。

サービス業としてのスポーツ・インストラクター、それもいいではないか。シンガポールでの仕事、悪くない。

僕は、思い切って人生の舵《かじ》を切った。たまたま、僕には4歳上の兄がいる。一流大学を出て、大手メーカーに就職している。次男の僕がシンガポールにいっても、特に問題はない。

その翌月から、僕は、英会話スクールに通いはじめた。もちろん、昼間は体育大で勉強していた。シンガポールで仕事をするという、具体的な将来があるので、英語の勉強も苦にならなかった。

そして、体育大を卒業した。その翌週に、僕は、シンガポールに発《た》った。

現地では、スポーツ・サロンの開業に向けて、準備が進んでいた。LAのスポーツ・サロンで仕事をしていた石川さんという人が、とりあえず、ここの責任者になるという。

石川さんの下で、僕も、スポーツ・サロン開業の準備を手伝った。同時に、オリエンテーションをうけた。

たとえば、男性の会員と話すときには、必ず〈ミスター〉をつける。シンガポールはイギリス文化圏でもあるので、なるべく、イギリス的英語を話す。たとえば、〈When〉は、〈ウェン〉と言わず〈フェン〉と発音する。などなど……。

そうして、スポーツ・サロンは開業した。会員は順調に集まった。細かいドタバタはあったけれど、まずまず上々のスタートを切った。

それから、約5年が過ぎている。

1年前、石川さんは、また新しく香港にオープンするスポーツ・サロンの準備で、シンガポールをあとにした。そして、僕が、ここの責任者に昇格した。

「まあ……そんなわけ」

と僕はイェンに言った。彼女は、ガラスの向こうの星空を見上げたまま、小さく何回も、うなずいていた。

イェンと僕の練習は、ほとんど毎晩続いていた。僕は、自分で気がつく限り、彼女の泳ぎにアドバイスをした。彼女のタイムは、日を追ってちぢまっていった。

そんなある日、彼女が僕を誘った。翌日の水曜は、このサロンの定休日だ。そこで、自分と母がやっている店に、昼食でも食べにこないかという。

「……ほかに、何もお礼ができないから……」

とイェン。少し頰を赤くして言った。

僕は、彼女がやっている店にいくことにした。もともと、タイ料理やヴェトナム料理は好きだ。同時に、働いている彼女の姿を見てみたいという思いもあった。

翌日。午後1時過ぎ。

僕は、彼女が書いてくれた地図を見ながら、彼女の店にいった。店は、チャイナタウンから少しはなれたところにあった。となりもヴェトナム料理店だった。このあたりは、ヴェトナム人が多く住んでいるのかもしれない。

彼女の店は、料理店というより、食堂という感じだった。けれど、見すぼらしくはない。ただ、小ぢんまりしているのだ。

ドアを開け入る。軽く冷房がきいている。頭上ではフライファンが回っていた。ちょうど昼食のお客がひけたところなのか、店はすいていた。5つあるテーブル。その1つに、ヴェトナム人らしいカップルの客がいるだけだった。

イェンは、僕を見ると、笑顔になった。キッチンから、母親と思える中年女性が出てきて、ちょっとわかりづらい英語で、お礼を言った。母親も、ヴェトナム人女性らしく、細身の体つきをしていた。

イェンは、Tシャツにジーンズ。エプロンをかけていた。サラリとした髪は、後ろでひとつにまとめていた。うっすらと口紅をつけていた。その口紅が僕のためのものかどうかは、わからない。

僕は、窓ぎわの席についた。イェンが、メニューを持ってきた。

ここはヴェトナム人が客のほとんどらしく、メニューに英語はない。ヴェトナム語と中国語ばかりだ。

〈半熟牛片粉〉とか〈火車式特別牛肉粉〉とか印刷されている。僕には、それが何なのか、わからない。ただ、フォーという米でつくった麺《めん》が、僕ら日本人の口に合うことは知っていた。僕は彼女に、

「フォーがいいな」

と言った。彼女は笑顔を見せ、メニューの中の〈牛丸〉というのを指さした。そして、

「挽《ひ》き肉のダンゴが入っているフォーよ」

と言った。僕は、うなずき、

「いいね。それを頼むよ」

と言った。

5分ほどで、フォーが出てきた。イェンが、トレイにのせて持ってくる。フォーの入った丼《どんぶり》。そして、野菜が山盛りになった皿を、そのわきに置いた。丼には白い麵が入っていた。スープには、ほとんど色がついていない。スープと麵の上に、肉ダンゴがのっていた。イェンは、皿に盛った野菜を指さし、

「これをフォーにのせて食べて」

と言った。僕は、うなずいた。その食べ方は知っていた。箸《はし》を手にする。さまざまな野菜をとり、フォーの丼に入れた。そして、食べはじめた。

ゆっくりと時間をかけて、僕は食べ終わった。食器を下げにきたイェンに、

「うまかったよ」

と言った。それは、嘘ではなかった。イェンは嬉しそうな表情をした。そして、

「何か、デザートか飲みもの」

と言った。また、メニューを開いた。その片すみを指さした。英語で説明してくれる。〈意太利式珈琲〉というのは、エスプレッソ・コーヒー。〈檸檬冰水〉というのは、レモネード。〈七喜水〉はセブンアップ。そんな具合だ。

その中で、僕は見覚えのある文字を発見した。〈龍眼〉。これは、〈ロンガン〉と読む。ライチによく似た、白くて上品な甘味のある果物だ。

僕は、それをイェンに頼んだ。彼女は、うなずいた。厨房に入り、すぐに、小皿に盛った龍眼を持ってきてくれた。カップル客も帰っていき、店に客はいない。僕は、ゆっくりと龍眼の皮をむき、淡い甘さの実を口に入れた。

龍眼も食べ終わり、僕は、席を立った。イェンに、

「ありがとう。おいしかった」

と言った。彼女は、また、嬉しそうな笑顔を見せた。僕は、店を出ていこうとした。彼女のお母さんにも、ひとこと礼を言おうと思った。けれど、お母さんの姿は見えない。店は午後休みということらしい。

僕は、店のドアのところまで歩く。イェンにふり向いた。そして、

「じゃ、また、明日の夜」

と言った。彼女と軽い握手をするつもりで右手をさし出した。彼女も、右手を出してくる。けれど、握手ではなかった。僕の指に、自分の指をからめた。そして、一瞬、ぎゅっと握った。眼は伏せたまま……。

すぐに、彼女は、手をはなした。そして、僕が食べていたテーブルに歩く。片づけをはじめた。

僕は、店を出た。まばゆい午後の陽射しに眼を細めた。歩きはじめた。湿度も気温も高かった。けれど、いまイェンが指をからませてきた僕の右手は、熱を持ったように火照《ほて》っていた。

歩きながら思った。イェンが指をからませ、一瞬、それを握りしめた……あれは、どう考えても、何かの意思表示だろう。

初めて会ったときから、僕はイェンに好意を持った。小学生だったユキの面影をイェンに見つけていたとしても、そこに、男と女の感情があったのは、まぎれもない本音だ。けれど、イェンが、僕のことをどう思っているか、それはわからなかった。競泳選手としての彼女になかば同情して協力している親切な男。彼女が僕をそうとらえているかもしれない。いや、たぶん、そうだろうと僕は思っていた。自分の店に招《よ》んでくれたのも、言葉通り、僕への礼と思っていた。

ところが、いまの一瞬で、それが間違っていたことに僕は気づいた。あれは、どう考えても、彼女の告白だった。ひかえめだけど、はっきりとした告白だった。

僕は、陽射しの中で、立ち止まった。混乱と、嬉しさが、同時に胸の中にわき上がっていた。ヴェトナムの伝統的コスチューム、アオザイを着た女性が、僕の前を横切っていった。


翌日。夜10時。

いつも通り、イェンはスポーツ・サロンにやってきた。顔を合わせたとき、少しだけ恥ずかしそうな表情をした。自分の方から〈告白してしまった〉ことがその理由だろう。けれど、練習をはじめると、普通に戻っていた。僕らは、また、アジア大会の代表決定戦にむけて、練習をはじめた。

熱い日々が続く……。

それからの、ほとんど毎晩。イェンは100メートルを20本以上泳いだ。タイムは、少しずつだけれど、ちぢまっていった。予選通過のタイムに近づいていった。

ところが、3週間ほどした頃から、タイムがあまりちぢまらなくなってきた。それまで順調にちぢまってきたタイムが、あまり動かなくなってしまった。

それから1週間……。タイムは、ちぢまらない。

その主な原因が、僕にはわかった。泳ぎに力が入り過ぎている。つまり、りきんでいるのだ。全力を出しながらも、しなやかに体を動かすことが背泳ぎでは大切だ。けれど、イェンは、タイムを上げるためにりきみはじめていた。しなやかさを忘れている。泳ぎそのもの……。そして、タイムをかせぐ鍵であるバサロ……。それらすべてに、しなやかさが欠けている。

僕は、そのことを、彼女に言った。彼女もうなずいた。そして、泳ぎはじめた。けれど、タイムは、ちぢまらない……。

その夜。彼女が7本泳いだところで、僕は、練習をストップした。タイムが、まったく変わらないからだ。もしかしたら、疲れがたまっているのかもしれない。

「今夜は、それぐらいにしよう」

僕はイェンに言った。彼女も、うなずいた。

天井のダウンライトを消し、僕もプールに入る。リラクゼーションのために、ゆっくりと泳ぎはじめた。10分ほど泳ぐ。そして、コースロープを背中に当て、仰向けに浮かんだ。僕と並んで、イェンも仰向けに浮かんだ。ガラスの向こうの星空を眺める……。

ふと、

「ねえ、ジュン」

と彼女が言った。僕は、ちょっと首を曲げ彼女を見た。

「わたしが、初めてここへきたとき、あなた、裸で水に浮かんでいたでしょう？」

「……ああ……」

「あれって、何か意味があるの？」

彼女が、きいた。

「たいした意味はないよ。……ただ、リラックスした気分になれるんだ……」

僕は、ちょっと苦笑して言った。

「……リラックスした気分……」

イェンが、つぶやいた。しばらく無言……。やがて、

「わたしもやってみよう」

と言った。僕が何か言う前に、コースロープにあずけていた体を起こす。プールの底に足をつき、立った。そして、もぞもぞと体を動かしている。水着を脱いでいるらしい……。やがて、彼女は、丸めた水着らしいものを投げた。プールサイドで、ぺちゃっという音がした。

彼女はまた、コースロープに背中をあずけ、仰向けに浮かんだ。そして、

「ああ……いい気持ち……」

と、つぶやいた。さらに、

「ほんと……。すごくリラックスする……」

と言った。それは確かだろう。女性用の水着は、男性用よりずっと面積が広い。それだけ体をしめつけていることになる。

僕は、そっと首を曲げてみた。薄明かりの中……。白くひらべったい彼女の腹、あまり

大きくないバストが見えた。そして、星空を見上げている横顔……。

何分ぐらい、そうしていただろう……。

彼女の手が、僕の手にそっとふれた。そして、指をからめてきた。僕も、それに応《こた》えた。温かい水の中で、指と指をからめ合う。まるで、ディープ・キスで舌をからめるように……。

僕は、水の中に立った。ゆったりした動作で、彼女も立った。僕らの肩から上は、水から出ている。僕らはそっと抱き合った。短いキス。そして、長いキス……。お互いの息が熱を持ちはじめた。

僕らは、どちらからともなく、プールから上がった。僕は、競泳パンツを脱いだ。彼女の体を抱き上げ、マットの上に運んだ。ストレッチ用のビニールマット。その上に、彼女を横たわらせた。

薄明かりの中。彼女の白い肌……。その肌の白さは、白人のものとは違う。たとえれば、茹《ゆ》で卵だ。固茹でにした卵のカラをむくと現れるつるつるとした白身の表面……。そんな光沢をもった肌だった。

僕らは、長い長いキスをし、お互いの体にふれ合い、やがて、ひとつになった。

彼女は、多少ぎこちなかったが、充分に女だった。僕らは、プールの匂いにつつまれ、ゆっくりと昇りつめていった。彼女は、ヴェトナム語で何か短く声を上げると、ゴールした。空に、月が出ていた。

翌日も、僕らは、プールサイドで、ひとつになった。

練習は、短めに切り上げる。ふたりとも水着を脱ぎ、仰向けに浮かんだ。満月を見上げた。そして、プールから上がる。ビニールマットの上で愛し合った。

そうしていると、少し不思議な気分になった。小学3年生の初恋……。それが大人になったいま、こうして結実しているのだろうか……。プール独特の匂いにつつまれて愛し合っていると、ふと、そんな思いが、頭のすみをよぎる……。

僕らは、またゆっくりと昇りつめていった。最後、ゴールするとき、彼女は体をのけぞらせた。それは、背泳ぎのスタートに似ていた。月明かりだけが、僕らを照らしていた。

その翌日も、僕らは抱き合った。いま彼女に必要なのは、ハードな練習よりも、気分転換だと思えたからだ。そして、僕が、さらに彼女の心と体に惹《ひ》かれていったからだ。

彼女は、女であり、同時に少女だった。ときには大胆でありながら、あい間に見せる表情に恥じらいが感じられた。その表情を、僕は愛した。いい年をして、ロマンチストだなと嗤《わら》うやつは嗤えばいい。

恋愛とは、そんなものだ。

そんな日が続いたある夜。

しばらく泳いだあと、僕らはプールサイドで愛し合った。ふたりとも、ゴールした。

僕は、マットに寝たまま、汗ばんだ彼女の体を抱いていた。彼女は、僕の胸に頰を押しあてていた。ゆっくりと、お互いの汗が引いていく。見上げる空。月はなく、かわりに星がまたたいていた。彼女が、

「ひと泳ぎしようかな……」

つぶやくように言った。僕は、うなずいた。彼女は、ゆっくりと立ち上がる。自分の水着と、脱いでしまったスイミング・キャップをひろい上げる。シャワー・ルームの方に歩いていった。僕も、プールサイドのシャワーを浴びる。脱いだ競泳パンツをはきなおした。

やがて、彼女がプールに戻ってきた。水着を身につけ、スイミング・キャップをかぶっている。彼女は、ゴーグルもつける。プールに入った。ゆったりとしたペースで、泳ぎはじめた。はじめは、ほんの肩ならしといったスピード。しだいに、スピードを上げていく

……。

その泳ぎを見て、僕は、おやっと思った。

彼女の泳ぎが変わっていたからだ。このところ感じられたりきみが消えている。しなやかな泳ぎになっている……。

プールを5回往復したところで、彼女は、ひと休みした。僕は、プールサイドにしゃがむ。しなやかな泳ぎになっていることを、彼女に伝えた。

彼女は、コースロープに上半身をあずけて、うなずいた。

「なんだか、体が軽いの」

と言った。今度は、僕がうなずいた。

「あと2、3本泳いだら、ためしにタイムを測ってみよう」

と言った。

100メートルを3本泳いだ彼女が、僕に眼で合図をした。僕は、ストップ・ウォッチを握った。

彼女が、プールの壁を蹴った。僕はもう、ストップ・ウォッチを押していた。彼女は、ほぼ全力で泳いでいく。パワーは出しているけれど、あい変わらず、体はしなやかに動いていた。水とケンカするのではなく、うまく水をとらえている。

やがて3回目のターン。そしてバサロ……。バサロでの動きも、なめらかだった。

ゴール。僕は、ストップ・ウォッチを止めた。見た。これまでの最高タイムだった。あっさりと、最高タイムを出してしまったのだ。僕がそれを言うと、

「そんな感じがしてた」

と彼女が言った。

その夜。クールダウンのため、彼女と並んでゆっくりと泳ぎながら、僕は考えていた。彼女がベストタイムを出した理由について思いめぐらしていた。

はっきりしていることは1つ。僕と愛し合うようになって、彼女の泳ぎが変わった。りきみがなくなり、しなやかな泳ぎになった。これは、まぎれもない事実だ。

もしかしたら、こういうことだろうか……。僕とひとつになり、汗をかき、やがてゴールすることで、彼女の体がリラックスする。そして、体の動きがしなやかになる……。

そういうことだろう。体育大では教わらなかったけれど、そういうこととしか思えない。何より、事実は事実なのだから……。

それから、練習法を少し変えた。

毎日愛し合うのは、僕も彼女も少し疲れる。そこで、ほぼ1日おきのペースと決めた。愛し合う日。プールサイドにやってきた彼女にキス……。そしてビニールマットの上で、彼女とひとつになった。

呼吸もおさまり、汗も引いたところで、彼女は、シャワーを浴び水着を身につける。それから、ゆっくりとストレッチ。僕も手を貸し、充分に体をほぐす。

そして、彼女は泳ぎはじめる。すでに、体のりきみは消えている。腕の動きも、脚《あし》のビーティングも、しなやかで、ムダなく水をとらえている。

以前より水飛沫《しぶき》は立たなくなったけれど、泳ぎのスピードはました。タイムは、また、ちぢまりはじめた。その夜の、ラスト1本は全力で泳ぐ。そのタイムは、必ず前日よりちぢまっていた。

ストップ・ウォッチを持つ僕の手にも、力がこもる……。

この頃から、僕自身にも変化があらわれていた。

それまでの僕は、プールサイドの接客係だった。会員の泳ぎには注文をつけない。どんな下手《へた》な泳ぎでも、うまくおだてていた。会員が、いい気分になれば、それでいいと考えていた。毎日、そうやっていた。

けれど、イェンのコーチをするようになって、少しずつ、変わっていった。会員の泳ぎに、ときどきアドバイスするようになっていた。もうちょっとなおせば、より気持ちよく泳げる。そう思ったときは、さりげなくアドバイスするようになった。インストラクターなのだから、それが当たり前だと考えるようになった。

僕の心についていた贅肉が、イェンとの練習で、削《そ》ぎ落とされてきたのだろう。

「これ……」

とイェンが言った。肩にかけていたバッグから、ビニール袋をとり出した。中に入っているのは、龍眼《ロンガン》だった。夜10時、彼女がやってきたところだった。

どうやら、僕が龍眼を好きなことを覚えていてくれたらしい。

「ありがとう」

と僕は言った。僕らは、プールサイドのデッキ・チェアーに腰かけ、龍眼を食べはじめた。食べながら、話す。

アジア大会への代表を決める大会が近づいていた。それは、シンガポール最大の水泳大会として開催されるという。オリンピック・サイズの50メートルプールを使うという。

女子背泳ぎの予選にエントリーしているのは、約30人。その中から、8人がタイム順で決勝に出られる。さらに、決勝で1位と2位の2人が、シンガポール代表として、アジア大会に出場できるということだった。

さらに、この2人がアジア大会に出るためには、決められている基準タイムを上回る必要があるという。

すでに、イェンが泳ぐだろうタイムの予想は出ている。いま、イェンが短水路で出しているタイムを長水路に置きかえる。それでも、決勝の8人に残れる可能性は高い。50メートルプールだから、ただ1回のターンで失敗でもしない限り……。

もし、アジア大会に出場できたとしたら、彼女が得《え》るものとは……。僕は、そのことを、サラリときいてみた。彼女は、龍眼の皮をむきながら、しばらく考えていた。やがて、

「まず……自信。自分が、それだけのことをやれたっていう自信かしら……」

と、つぶやくように言った。

「そして、それだけの実績があれば、水泳コーチの仕事につけると思う……」

「……水泳のコーチになりたい？」

僕がきくと、彼女はうなずいた。

「水泳が、好きだから……。わたしのようにお金のない子供たちでも一流選手になれるよ

うにしてあげたいから……」

と言った。充分な答えだった。僕は、小さくうなずいた。この大会は、ある意味、彼女の人生をかけたレースになるらしい。僕らは、龍眼を食べ終わる。向かい合い、龍眼の淡い甘さが香るキスをした。


大会当日。

午前中に予選がおこなわれ、午後が決勝だという。

その日は土曜で、スポーツ・サロンは混んでいた。僕は、昼までは仕事をすることにしていた。イェンが予選を通るのは確実だと思ったからだ。

12時少し前。イェンから電話がきた。

「予選、通ったわ」

「何位のタイムで?」

「5位」

「決勝は何時から?」

「午後2時半よ」

「わかった。絶対にいくよ」

短いやりとりで充分だった。僕は電話を切る。中国人のインストラクター、楊《よう》を呼んだ。午後はプールをまかせると伝えた。

大会会場は、市内と、チャンギ国際空港《エアポート》の間にあった。立派な屋内プールだった。駐車場にクルマを入れる。会場に入ると、午後2時だった。いまは、男子平泳ぎをやっていた。僕は、スタンドの空席に腰をかけた。

やがて、男子平泳ぎが終わった。歓声と拍手。選手たちはスタンドに手を振りながらプールサイドから姿を消す。

5分ほどして、〈これより女子背泳ぎ100メートルの決勝がはじまります〉と、アナウンスされた。やがて、選手たちが係員に先導されて入ってきた。スタンドから、歓声が上がる。それぞれ、スイミング・クラブの連中が、仲間を応援しているらしい。

イェンの姿は、すぐにわかった。8人の選手の中で、とりわけ、すんなりとした体つきをしているからだ。

やがて、選手紹介。名前を呼ばれた選手たちは、スタンドに手を振る。また、歓声が上がる。イェンは、名前を呼ばれ、ひかえめに片手を上げた。

選手たちは、ゴーグルを眼に当てる。水に入った。イェンは、僕のいるスタンドに近い第2コースだ。

イェンは、一瞬、スタンドを見た。僕の姿をさがしているのかもしれない。僕は心の中で、〈競技に集中しろ!〉と声をかけていた。彼女の予選タイムは5位。2位までに入って、アジア大会の代表になるためには、3人を追い抜かなければならない。

やがてスタート。

選手たちは、スタート台の下にあるスターティング・グリップを両手で握る。体を丸める。そして、電子音。選手たちは、同時にプールの壁を蹴り、後ろにとび出す。

まず、水面下のバサロキック……。バサロは、15メートルまで使えるルールだ。ほとんどの選手がその15メートルで12回か13回のキックをする。

そして水面に顔を出す。背泳のフォームに入る。このとき、すでに、中央、4コースと5コースの選手がややリードしている。予選タイムが1位と2位の選手だ。

前半の50メートル。予選タイム通りの順位になっている。けれど、あまり差はついていない。50メートルのターン。イェンは、5位でターンをした。鋭くうまいターンだった。

そこから、またバサロ……。イェンのバサロは、しなやかだった。

バサロが終わり、水面に顔を出したところで、イェンは、4位の選手と並んでいた。それからの4、5ストロークで、4位の選手を抜いた。

後半になって、スピードが落ちてくる選手が多い。派手に水飛沫《しぶき》が上がる。が、スピードは、それに比例しない。

イェンは、あまり水飛沫を上げない。けれど、のびのびと、しなやかに泳いでいる。

3位の選手が失速しはじめた。あと25メートルのところで、イェンはその選手と並び、抜いた。

僕にとっても、予想をこえる展開だった。

イェンはいま、5コースを泳いでいる予選2位の選手を追っていた。僕のいるスタンドの位置からは、正確な差はわからない。けれど、差がつまっていることは、わかった。スタンドから激しい歓声、かけ声。僕も、イェンの名を叫んでいた。両手をメガホンのようにして叫んでいた。〈あと1人!〉

あと10メートルのところで、イェンは、2位の選手と並んだように見えた。2位の選手も必死でスパートしている。

あと5メートル……3メートル……。そしてゴール。僕には、イェンの方が一瞬早くタッチしたように見えた。

電光掲示板を見た。2位にイェンの名前が光っていた。僕は、ためていた息を、大きく吐いた。イェンは基準タイムも充分にクリアーしている。

6位、7位、8位の選手が、ゴールしていく。

1位の選手は、当然のように、片手を振り上げて喜びをあらわしている。

イェンは、ゴーグルを額《ひたい》に上げている。電光掲示板は、もう見ただろう。呼吸をととのえながら、なかば信じられないという表情をしている。その姿を見ていた僕の視界が、涙で少しにじんだ。〈よくがんばった……〉と無言で語りかけていた。僕は、指で、涙をぬぐいさった。

となり1コースの選手が、代表決定を祝福するようにイェンの肩を叩いた。イェンは、初めて笑顔になった。歯が白く光った。イェンが、スタンドを見回している。僕の姿をさがしているのだろうか。スタンドは広い。けれど、彼女は視力がいい。僕の姿を見つけるのに、それほどの時間はかからないだろう。

ココナッツ・ボーイとむかえる朝

「ねえねえ、クロちゃん」

とカメラマンの高崎。わたしの名前は黒田有紀子《ゆきこ》という。高崎は、カフェテラスのイスに腰かけ、ポーズをとっているわたしの方に歩いてくる。

「なんていうか、もうちょっとけだるいってのか……アンニュイな表情、できないかな」

と、わたしに言った。近くに立っているクライアントの〈ムッシュ・久保田〉にきこえるような声で言った。

わたしは、考えるふり。眼を細め空を見上げた。ニューカレドニアのまばゆい陽射しに眼を細めた。胸の中で、つぶやいていた。〈おいおい、この陽射しの下でアンニュイかよ〉と……。

けれど、わたしは、プロのモデルだ。仕事中でもある。

わたしは、ヘア&メイクの佐智《さち》さんに、眼で合図をした。佐智さんは、小さく、うなずく。わたしに近づいてくる。左右に分けてあるわたしの髪。その数本をつまむ。パラリと頬にかかるようにした。

わたしを見て、〈こんなもんでオーケーよ〉と眼で言った。わたしは、うなずく。また、ポーズをとりなおした。カフェテラスのテーブルに、ひじをついた。

またカメラをのぞいていた高崎が、

「お、いいねえ。そのアンニュイな横顔」

と言った。そして、シャッターを切りはじめた。わたしは、笑い出しそうになるのを、必死でこらえていた。わたしの表情は、さっきと、まるで変わっていないのだ。

「じゃ、このカット、オーケー」

とカメラマンの高崎。スタイリストのマリさんが、わたしに日傘をさしかけてくれる。

高崎は、デジタルの一眼レフを持って、〈ムッシュ・久保田〉のところにいく。いま撮った写真を見せにいくのだ。それは、今回の撮影の約束ごとのようになっていた。

高崎は、カメラの液晶画面に、撮った写真を出す。1枚1枚、ムッシュに見せている。その何枚目かを見たムッシュが、

「これがいいんじゃない？」

と言った。すると高崎は、大きくうなずく。

「私も、そう思ってました。じゃ、これでいきましょう」

と言った。わたしと佐智さんは、顔を見合わせる。お互い、ほんのかすかに苦笑していた。


南太平洋。ニューカレドニア。2月はじめ。あるファッション・メーカーのカタログ撮影に、わたしたちはきていた。4月に発表される夏のカタログの撮影だ。

そのファッション・メーカーの服は、フレンチ・テイストのものだ。デザイナーでオーナー社長の〈ムッシュ・久保田〉こと久保田純一《じゅんいち》は、パリでファッション・デザインの勉強をしたという。あのケンゾーのところで仕事をしていたという噂もある。けれど、それは、どうやら本人が流したニセ情報らしい。

ファッション・ブランドとしては、まだ新しい。けれど、そこそこの売り上げにはなっているようだ。

この夏物のロケも、本当なら、サントロペやニースでやりたかったのだろう。けれど、フランスは、いま真冬。そこで、〈南太平洋のプチ・パリ〉と呼ばれているニューカレドニアの首都ヌーメアをロケ地に選んだらしい。

ニューカレドニアは、もともと、フランスの植民地だったので、全体的にフランス風だという。

わたしは、ニューカレドニアには初めてきた。なるほど、その噂どおり。首都ヌーメアと、その周辺には、フランス風のレストランや店が多い。看板や店名も、ほとんどフランス語だ。走っているクルマも、シトロエンやプジョーだ。

ただし、ここは南太平洋。フランス風のブティックのそばにヤシの樹があったり、黒い肌をした現地の人が、シトロエンを運転したりしている。そのあたりが、面白いといえば面白い。

この仕事にわたしが起用された理由は、それほど意外なことではない。わたしの髪が、背中にかかる長さがある。あと、佐智さんに言わせると、素直で、セットしやすい髪質なのだという。

予算のつごうで、モデルは、わたし1人。それで、夏のカタログ全部の撮影をしなくてはならない。当然、いろいろな髪形にしないといけない。ストレート。アップ。その他、いろいろなヘア・スタイル……。

そのためには、わたしの髪が向いているのだと佐智さんは言った。

佐智さんは、26歳のわたしより、10歳ぐらい年上。この世界ではベテランだ。業界の事情にはくわしい。そして、ズバズバとものを言う人でもある。

佐智さんいわく……。

カメラマンの高崎は、〈才能はないが、営業力はあるやつ〉。

オーナー社長の〈ムッシュ・久保田〉は、〈フランスかぶれの、ただのキザ〉ということになる。

午前中の撮影が終わった。

海沿いの駐車場に駐《と》めたロケバスでランチ・タイム。

今回、ロケバスは2台用意されていた。といっても、日本にあるような本格的なロケ用のバスではない。観光客をオプショナル・ツアーに連れていくためのワンボックス・カーだ。

ニューカレドニアには、ハワイのように、たくさんのロケ隊がくるわけではない。だから、ロケに対応したコーディネーターというのもいない。ふだんは日本人観光客のガイドをやっている連中が、ロケのガイド兼ドライバーもやるらしい。

2台のワンボックス。1台は大きく、クーラーがきいている。もう1台は、それより小さく、クーラーがこわれている。

わたし以外は、みな、大きい方のワンボックスに入っていった。けれど、わたしは、小さい方のワンボックスに乗った。というのも、大きい方のワンボックスは、わたしにはクーラーがきき過ぎている。きのう、30分いただけで、風邪をひきそうになった。

小さい方のワンボックスは、クーラーがきかないので、窓を全開にしてある。わたしには、窓から入る海風の方が、気持ちいい。

わたしがワンボックスに乗ると、カメラマンのアシスタントが、弁当を持ってきてくれた。プラスチックのパッケージに入っているのは、サンドイッチ。

それは、さすがにフランス文化圏らしく、クロワッサン・サンドだった。大きめのクロワッサンに、生ハム、レタス、チーズなどがはさんである。飲み物は、当然のようにエビアンだ。

わたしは、その弁当を食べようとして、ふと気づいた。

ワンボックスには、ドライバーが乗っていた。運転席で、何か、雑誌をめくっている。若い日本人だった。わたしは彼に、

「あなたのお弁当は？」

と、きいた。彼は、わたしを見た。微笑し、

「これがあるから」

と言った。助手席にあったバナナを手にとってみせた。

そこで、わたしは気づいた。きょうはロケの2日目。きのうの初日もそうだったけれど、ロケバスのドライバー用には、弁当が用意されていないようだった。

今回のロケでは、プロデューサー役は、カメラマンの高崎がつとめている。例外的だけれど、ホテルの手配から何から、すべて高崎がやっている。

弁当の手配も、高崎がやっているはずだ。少しでも予算をおさえるため、ロケバスのドライバーの弁当はなし。そんなことは、平気でやりそうな男だ。

わたしは、かなりむかついていた。クロワッサン・サンドのパッケージを、ドライバーの彼にさし出し、

「1個どう？」

と言った。彼は、首を横に振った。バナナを手に、

「これで大丈夫」

と言った。きっぱりとした口調だった。少し意地っぱりなやつなのかもしれない。それならそれでいい。

わたしは、クロワッサン・サンドを食べはじめた。すると、彼も、バナナの皮をむきはじめた。皮をむきながら、

「バナナってのは、ある意味、完全食品なんだ。知ってるかもしれないけど」

と言った。わたしは、エビアンを飲みながら、うなずいた。わたしも、かつてスポーツ選手だったとき、よくバナナを食べたものだった。

その香りに気づいたのは、クロワッサン・サンドを食べ終わったときだった。かすかだけれど、はっきりとした香りが、わたしの鼻先をかすめた。もしかして……。

わたしは、ドライバーの彼に、

「サンオイル、つけてる？」

と、きいていた。彼は、うなずいた。

「今朝、仕事にくる前、海に出てたもんで……」

と言った。

「海に……」

「ああ。ボードセイリング」

彼は言った。わたしは、うなずいた。ボードセイリング、つまりウインド・サーフィンが、フランス人は好きだ。このニューカレドニアにきてからも、よく、海面を動いているセイルを見かけた。

わたしは、あらためてドライバーの彼を見た。

年齢は、20歳代の後半。わたしと、ほぼ同じ年齢に見えた。がっしりした体をしていた。首が太い。Tシャツから出ている腕も、筋肉質で太い。そして、何より、よく陽灼《ひや》けしていた。

眉《まゆ》は濃い。眼は、意外に優しそうだった。

そして、香るサンオイルの匂い。ココナッツの香りがするサンオイルの匂い……。

いま、わたしが肌につけているのは、サンオイルではなく、〈サンブロック〉だ。絶対に陽灼けしないためのサンブロック。いまの時代、陽灼けしないことが流行になっている。

そして、モデルという仕事がら、陽灼けしてはまずい。

そんな理由から、ハワイへいこうと、グァムにいこうと、モルディヴにいこうと、わたしは、サンブロックを肌につけている。強い陽射しの下では、スタッフが日傘をさし出してくれる。

あの、ココナッツの香りがするサンオイルは、遠い彼方《かなた》のものになっていた。

けれど、いま、不意打ちのように鼻先をかすめたサンオイルの香り……。わたしの中で、過ぎ去った海辺の光景がよみがえっていた。

わたしは、西伊豆にある松崎《まつざき》という海岸町で生まれ育った。

松崎は、有名な観光地ではない。田舎だけれど、夏になると、そこそこ、海水浴客がくる。近くに大きな街や工場などがないので、海はすごくきれいだ。

父は漁協の職員。母とその妹は、シーズンになると民宿をやっていた。

子供の頃から、わたしたちの遊び場は海だった。4月になり、水が冷たくなくなると、ショートパンツで、アサリをとった。6月になると、もう水着で海に入って遊んでいた。

小学校の高学年になった頃……女の子たちは、海で遊ぶとき、サンオイルをつけるようになっていた。陽灼けしないようになどとは思わなかった。ただ、どうせ灼けるなら、きれいに、こんがりと……。そんなことだったのだろう。

それからの、中学生時代、高校生時代……。サンオイルの香りは、いつもそこにあった。小さな海岸町で育った子にとって、サンオイルの香りは、夏そのものだったと思う。

6月の晴れた日……。その年初めて腕や脚《あし》にサンオイルを塗る。あのココナッツの匂いをかぐと、〈ああ、夏がきたんだ〉と実感したものだった。そして、空の積乱雲を見上げた……。

わたしは、小学生の頃から背が高かった。

同時に、活発。言いかえればオテンバな女の子だった。50メートル競走だったら、へたな男の子よりずっと速かった。

そして、わたしは、陽灼けしても、赤くなる方ではなかった。

ティーンエイジャーの頃から、陽灼けすると、すぐ赤くなってしまう子もいる。けれど、わたしの肌は、そのタイプではなかった。陽灼けしていくと、赤くならず、しだいにチョコレート色になっていく方だった。夏の陽灼けが、10月、11月まで残るタイプの肌だった。同級生に言わせると、〈一年中、黒いやつ〉ということになる。苗字《みょうじ》が〈黒田〉ということもあって、まわりからは、ずっと〈クロ〉とか〈クロちゃん〉と呼ばれていた。

中学生になると、本格的に部活がはじまる。

背の高いわたしは、当然、バスケット部に誘われた。けれど、バスケを選ばなかった。理由は簡単。体育館、つまり室内でやるバスケやバレーが好きになれなかったのだ。

できれば、太陽の下で体を動かしたかった。

そこで、わたしが選んだのは陸上競技だった。もともと脚が長く、走るのは速かったし、好きだった。

中学校の陸上部なので、いろいろな競技をやれた。１００メートル走。２００メートル走。走り幅跳び。走り高跳び。そして、ハードル、などなど……。地方の中学校の陸上部なので、なかば遊びの気分で、わたしたちはトラックを駆け回っていた。

高校に進むと、陸上の中でも、自分の得意種目がわかってきた。

それは、ハードルだった。身長はもともと高いけれど、どういうわけか、わたしは脚が長い。そのせいもあってか、ハードルのタイムが、どんどんのびていった。

高1のときには、県大会に出た。100メートル・ハードルで3位に入った。そうなると、さらにハードルが面白くなる。さらに練習して、タイムがちぢまっていく……。

高2のときには、全国大会で2位に入った。うちの高校では、大騒ぎだった。

この頃は、ハードルの練習と、海で遊ぶ日々だった。一年中、ココアのような色に陽灼けしていた。男の子からのラブレターは、めったにこなかったけれど、すごく充実した毎日だった。

それは、高3の春。夏の国体に出場する選手を決める静岡県の予選大会だった。

わたしは、高校生女子では、もちろん有力候補だった。そのことが心理的に影響したのか、わたしは、決勝でハードルに足をひっかけて転倒してしまった。それも、かなりひどく……。起き上がれなかった……。

救急車で病院に運び込まれた。靭帯《じんたい》に相当な損傷をうけていることがわかった。当分の間、スポーツはできないと言われてしまった。

陸上の練習がない夏がやってきた。

7月はじめのその日、わたしは、仲のいい女友達2人と海辺にいた。砂浜に寝転がっていた。梅雨のあい間の夏空と、ときどき視界をよぎるカモメを眺めていた。

ぼんやりと、これから先のことを考えていた。

両親は、短大に進学してはどうかと言ってくれた。それもありかな……と、わたしは思っていた。いくらハードルでがんばったとしても、プロの選手になれるわけではないのだから……。

けれど、短大生になった自分というのも、うまくイメージができないでいた。

寝転がったまま、そんなことを考えているときだった。アイスクリームを買いにいった友達が戻ってきて、

「あっちで、なんか、撮影をやってるよ」

と言った。わたしと、もう1人の友達は起き上がった。見れば、確かに、砂浜の端の方で、撮影らしいことをやっていた。

わたしたちは、暇《ひま》なので、歩いて見物にいった。

まだ夏のはじめなので、海岸に人は少ない。せいぜい7、8人の人たちが、遠まきにして撮影を見物していた。

どうやら、ファッション誌の撮影らしかった。すらりとした女性モデルが2人。秋物らしいニットを着て、ポーズをとっていた。レフ板でモデルに光を当てている男性スタッフ。モデルの髪形をまめになおしたりしている女性スタッフ……。

わたしたちは、そんなロケ現場を見物していた。田舎の女子高生にとって、それはやはり、物珍しい光景だった。

わたしたちが見物しはじめて、どのくらいたった頃だろう。

「あの、ちょっと」

と、わたしに声をかけてきた人がいた。30歳ぐらいに見える女性だった。ひと目で、地元の人ではない。いや、ロケの関係者だとわかった。ショートカットの髪は、一部、淡いブルーに染めてある。セルフレームの眼鏡をかけていた。

「突然で申しわけないけど、あなた、ここの地元の人でしょう？」

と彼女がきいた。わたしは、うなずいた。彼女は、肩にかけていた小さなバッグから、名刺をとり出した。

「私は、こういう仕事をしてるの」

と言って、しゃれたデザインの名刺をわたしにさし出した。

〈PSモデル・エージェンシー　マネージャー　片倉すみ〉と印刷されていた。〈モデル・エージェンシー……〉と、わたしは胸の中でつぶやいていた。

「そういうことで、うちは、モデル事務所なの」

と片倉という女性。わたしは、その名刺をじっくりと見た。事務所は、東京の南青山にある。

その片倉というモデル・エージェンシーのマネージャーは、きびきびとした口調で、

「急な話で驚かせて悪いんだけど、あなた、モデルになる気はない？」

と、わたしに言った。わたしは、心の中で〈え⁉……〉と、つぶやいていた。

「モ、デ、ル、ですか？」

と、間抜けな返事をしていた。相手は、うなずく。

「そう。あなた、プロのモデルとしてやっていけると思うわ」

と言った。あとから考えてみれば、声をかけられた理由も、わかる。そのとき、砂浜なので、わたしは当然のように水着を着ていた。プロポーションがよくわかったのだろう。

そういえば、この片倉というマネージャーが、さっきからわたしたち3人を見ていたの

を思い出した。そのときは、たぶん〈じゃまな野次馬たちだ〉と思って、こっちを見てたんだと思っていた。

けれど、どうやら、そうではなかったらしい。彼女は、3人の中でもひときわ背が高いわたしを見ていたようだ……。

「あなたは、高校生？」

と彼女。わたしはうなずき、高3だと答えた。そのとき、

「はい、オーケーです！」

という声が響いた。そのカットを撮り終えたらしい。2人のモデルたちも、ポーズをくずす。海岸沿いの道路に駐まっている大型のワンボックス・カーの方に歩きはじめた。

片倉というマネージャーは、わたしと向かい合う。

「もし、その気になったら、事務所に電話をちょうだい。……あなたの名前は？」

「……黒田有紀子、です……」

わたしは、ボソボソと答えた。片倉マネージャーは、微笑し、うなずいた。

「黒田さんね。じゃ、電話待ってるわ」

と言った。ワンボックス・カーの方に歩きはじめた。

そのときだった。3人の中で一番しっかり者の良美《よしみ》が、

「あの……」

と彼女に声をかけた。彼女が、立ち止まり、ふり向いた。良美が、

「きょうの撮影、なんの雑誌ですか？」

と、きいた。片倉マネージャーは、ある有名なファッション誌の名前を言った。そして、また、クルマの方に歩いていった。

「なんで、どこの雑誌かきいたの？」

わたしは、良美にきいてみた。

「あんたのためよ」

「わたしの？……」

「そうよ。だって、インチキなモデル事務所だったら、いやでしょう。アダルトビデオなんかに出たくないでしょ？」

と良美。わたしたちは、ゲラゲラと笑った。けれど、良美がそう考えたのも、よくわかった。小さな海岸町の高校生にとって、東京のモデルの世界とは、それほど遠い存在なのだ。

「あ、出てる出てる」

と良美が言った。雑誌のページを開いて指さした。8月の中旬。町に1軒しかない本屋。そこで、わたしたちは、ファッション誌のページをめくっていた。あの日、砂浜でロケをしていた雑誌だ。

そして、2、3分して見つけた。あった。確かに、あのとき撮影していた写真が、そのファッション誌のまん中辺に載っていた。2人のモデルも、着ていた服も、よく覚えていた。

〈初秋のニットは、夏の香りを残した爽《さわ》やかな色調で。〉

そんな小見出しがついていた。わたしと良美は、そのページをじっと見つめていた。


翌日。昼頃。わたしは思い切って、モデル事務所に電話をかけてみた。電話には、若い男の人が出た。〈片倉は、いま打ち合わせに出ていて、午後4時頃に戻ります。こちらから電話させましょうか?〉と言った。わたしは、自分の名前と、携帯電話の番号を伝えた。

夕方の4時過ぎ。海岸沿いの道を歩いていると、携帯が鳴った。とる。片倉マネージャーだった。

「あなたね。どう? モデルの仕事をしてみる気になった?」

と彼女。わたしは、〈ちょっと興味はあります。でも、高校の卒業は春だし……〉と言った。高校を中退するなんて、親が許してくれるとは思えなかった。

「そうね。高校は卒業しといた方がいいわね」

と片倉マネージャー。もしよければ、つごうのいい日に、テスト撮影にこないかと言った。そのとき、ゆっくり話をしようという。

それから、片倉マネージャーとは何回か電話でやりとりをした。そして、9月中旬の土曜。わたしは、テスト撮影のため、東京に向かった。

両親には、東京に遊びにいくと言って家を出た。実際、これまでも東京に遊びにいったことはある。

東京には、良美も同行した。わたしひとりでは心細いだろうと言って、ついてきた。けれど、半分は、好奇心からだろう。

昼過ぎ、東京に着いた。わたしたちは、片倉マネージャーにきいた道順のメモを見ながら、乃木坂《のぎざか》にある撮影スタジオに向かった。

スタジオは見つかった。コンクリート造りの建物。そこに入る。指定されたBスタジオのドアを、おそるおそる開けた。片倉マネージャーが、わたしに笑顔を見せた。

「いらっしゃい。待ってたわよ」

と言ってくれた。気持ちの緊張が、少し、ほどけていった。

片倉さんは、わたしに服をさし出し、

「これ着てみて。サイズは、たぶん合うと思うけど」

と言った。Tシャツ。膝《ひざ》たけのショートパンツ。そして、少しヒールのあるカジュアルなサンダルだった。わたしは、スタジオのわきにあるドレッシング・ルームに入り、着替えた。

さすがプロが選んだだけあって、Tシャツも、ショートパンツも、わたしの体にぴたりと合っていた。

そのつぎはメイクだ。片倉さんは、メイクの人に、〈ナチュラルにね〉と言った。男のメイクさんが、うなずく。仕事をはじめた。わたしは、リップ・クリームしかつけたことがない。ただ黙って、メイクされていた。

プロのメイクさんは、手ぎわがいい。思っていたより早く、仕上がった。メイクさんが、わたしを立ち上がらせてくれる。片倉さんが、

「かわいいわよ」

と言って、鏡を指さした。わたしは、鏡に映った自分を見た。一瞬、息をのんだ。平凡

過ぎるけど、〈これが、わたし……〉と、胸の中でつぶやいていた。

特に、眼のまわりと口紅だった。わたしは、もともと眉が薄い。その眉が、きれいな形に描《か》かれていた。眼も、ひとまわり大きくなった感じだった。そして、淡いピンクの口紅……。自分であって自分でないような、不思議な気分だった。

ドレッシング・ルームから出る。顔を合わせた良美が、びっくりしている。

「クロちゃん……なんか、アイドルみたい……」

と言った。片倉さんも、メイクさんも、苦笑いしている。

「でも、本当にかわいいわよ。じゃ、撮影してみましょう」

と片倉さん。もう、口ヒゲをはやしたカメラマンのおじさんが、用意をしていた。わたしは、白バックの前に立つ。カメラマンも、わたしがど素人なのを知っているから、簡単に指示をする。

〈はい、まっすぐカメラ見て〉〈ちょっと、アゴを上げて〉〈体を少しななめにして〉〈ちょっと微笑《わら》ってみようか〉などと、わかりやすく言ってくれる。言いながら、シャッターを切っている。

1時間たらずで、撮影は終わった。

片倉さんが、説明をしてくれる。わたしの長所は、まず、プロポーション。背が高いわりに顔が小さい。顔立ちは、さっぱり系だけど、女性読者には好感を持たれるタイプだという。

片倉さんの〈PSモデル・エージェンシー〉には、いま、30人ぐらいの女性モデルと、10人ぐらいの男性モデルが所属しているという。仕事のほとんどが、雑誌、カタログ、ときたまテレビ・コマーシャルだという。

片倉さんは、すでにプリントアウトされたわたしの写真を手に、

「あなたなら、プロとしてやっていけると思うけど、決めるのは、あなたよ。卒業まで、まだ時間があるんだから、ゆっくり考えなさい」

と優しく言ってくれた。

翌日の日曜日。わたしは、砂浜に寝転がって考えていた。卒業まで、あと約半年……。

卒業してからは、みな、バラバラだ。大学や短大に進む子。東京で就職する子。地元で就職する子。などなど……。

さて、わたしは……。

青い空をよぎるカモメを眺めて、考えていた。

プロのモデルということは、実力しだいの仕事ということだろう。その部分に、強く惹《ひ》

かれはじめている自分を感じていた。もともと、オテンバで、自立心の強い子供だった。陸上競技をやっていたので、誰かと競争することには慣れていた。

よし……女の子は度胸。やってみるか。そう、胸の中で、つぶやいた。

立ち上がる。腕や脚についた砂を、パラパラと払い落とした。それまでの自分にバイバイするような気分で……。

それから、親との交渉がはじまった。

予想通りの親の反対。それに対するわたしの主張。それが続いた。ただ、両親は、言い出したらきかないわたしの性格を知っていた。

そろそろ両親が折れようとしていた11月はじめ。片倉さんが、事務所の社長を連れて、わたしの家まできてくれた。

初めて会う社長は、50歳ぐらいだろうか。父と同世代だった。やや白髪まじりの髪をきっちりと分け、上等なスーツ、ネクタイ姿だった。

モデル・エージェンシーの社長というより、大企業の役員のように見えた。礼儀正しく、実直そうな口調で話した。お嬢さんのことは心配でしょうが、わたしどもが責任をもって面倒を見させてもらいます、と言った。

それが、決定打だった。わたしの東京いきは決まった。

高校の卒業式。その翌週、わたしは東京に向かった。バスの窓。小さくなっていく故郷の海を、眼を細め、見ていた。鼻の奥が少しツンとした。けれど、涙は流さなかった。

恵比寿《えびす》の駅から歩いて5、6分のところに、ワンルーム・マンションが用意されていた。そのマンションには、同じ事務所に所属している女性モデルが2人住んでいた。すぐに、仲良くなった。

わたしのモデル生活が、はじまった。といっても、最初は、初歩的なレッスン。先輩モデルの撮影現場の見学などだ。同時に、オーディションもうけはじめた。

初めての仕事がきたのは、2ヵ月後。通販カタログの仕事だった。Tシャツ、ポロシャツ、コットンパンツなどを着て、麻布のスタジオで撮った。

約1ヵ月後。そのカタログは出来上がった。4ページにわたって、わたしが写っていた。わたしは、そのページを、何回も何回もめくっていた。

すぐ、実家にカタログを送った。母親から電話がきた。母は、〈本当にモデルさんになったんだねえ……〉とだけ言った。

それから、まずまず順調に仕事は続いていった。半年後には、夜の6時にスタジオ入りしても〈おはようございます〉と言うことに、違和感をおぼえなくなった。

そして、22歳、24歳……。仕事で着る服は、当然、大人っぽくなり、高価になっていった。2ヵ月前の12月に、わたしは26歳になった。

バサッという音。

わたしは、回想から、われに返った。ドライバーの彼が、食べ終えたバナナの皮を、ゴミ袋に放り込んだらしかった。ワンボックスの中には、あい変わらず、サンオイルの匂いが淡く漂っていた。

「そろそろ、つぎのカットいきます」

という声。カメラマンのアシスタントが、ワンボックスのところまできて言った。

その夜、撮影を終えたスタッフは、レストランにいった。ヌーメアの中心部にあるフレンチ・レストランにいった。それは、ムッシュ・久保田の提案だった。

コロニアル風の家をそのまま使っているフレンチ・レストラン。接客するのは、みなフランス人のようだった。

そこでは、ムッシュ・久保田の一人舞台だった。確かに流暢《りゅうちょう》なフランス語で、店のマネージャーやソムリエと話す。メニューも、ひとりで決めていく。

わたしも、佐智さんも、フランス・ロケは何回もいったことがある。佐智さんは、確か、離婚した相手がフランス人。フランス語も、かなり上手に話す。

けれど、この場は、ムッシュ・久保田にまかせることにした。知らん顔をして、出てくるものを食べていた。

白ワインではじまり、赤ワインが出てくる頃になると、ムッシュのワイン談義がはじまった。〈赤ワインの年代物ってやつはね……〉〈日本人は、ボルドーだ、ブルゴーニュだといえば、それだけでありがたがるが、私に言わせれば……〉などなど……。

わたしは、アクビをかみころしながら、鴨《かも》の料理を突《つつ》いていた。同時に、思っていた。店の外にバスを駐めて、待っているドライバーのことを思った。

あの、サンオイルの香りを漂わせた彼は、いま頃、バナナをかじっているのだろうか……。

トラブルが起こったのは、翌日だった。

カメラが盗まれたのだ。

その日の夜、夕食のためにスタッフはホテルを出た。そのとき、カメラマンの高崎が、部屋に鍵《かぎ》をかけるのを忘れて出てしまった。夕食を終えて帰ってみると、2台のデジタル一眼レフは、消えてなくなっていたという。

もちろん、高崎はホテルの支配人にわめき散らす。けれど、鍵をかけ忘れたこともあり、ひどく強くは言い張れない。

それより、これから先の撮影をどうするか、それが問題だった。

高崎が、あわただしく日本と連絡をとり合う。そして、結論が出た。日本から、かわりのカメラを急いで送らせる。けれど、それには最低でも3日間が必要だという。

結局、最低3日間、撮影はオフということになった。ムッシュ・久保田は、当然、こめかみに青スジを立てている。

「ま、しょうがない。観光でもするっきゃないね」

佐智さんが言った。

翌朝9時過ぎ。

わたしは、自分の部屋で、ぐだぐだしていた。みんなは、ロケ用のワンボックスのクルマで、どこかへ観光にいくと言っていた。けれど、わたしは、あのエアコンがきき過ぎたワンボックスに乗る気がしなかった。

ベッドでごろごろしていると、電話が鳴った。とる。日本語で、

「もしもし」

と言った。

「あの……ガイドの熊坂《くまさか》ですけど……」

という声は、

「ああ……。あの、バナナの……」

わたしは、つい言ってしまった。その声は、サンオイルの香りがする彼だった。わたしが何か言おうとする前に、

「いま、ホテルの前にクルマ駐めてるんだけど」

と彼が言った。そして、

「どこか、いきたいところがあれば……」

と言った。わたしは、

「わかったわ。ちょっと待ってて。おりていくから」

と答えた。

約10分後。さっと口紅をつけ、Tシャツ、ショートパンツに着替えたわたしは、1階のロビーにおりていった。ホテルの玄関を出ると、例のワンボックスと、彼がいた。

彼に事情をきくと、こうだ。

9時に、2台のワンボックスは、ホテルにきたという。スタッフたちは、エアコンのきく大きい方で、観光ツアーに出たらしい。そのとき、佐智さんが、わたしのことを彼に伝えてくれたという。

〈クロちゃんは、エアコンがきらいだから、このクルマではツアーにいかないと思うけど、ずっとホテルにいるのも退屈だろうから、部屋に電話をかけてみてくれない？〉と伝えてくれたという。

わたしは、心の中で、佐智さんに感謝した。

「さて……」

と、ガイドの彼。

「どこへいく？　ヌーメアの市内で、ショッピング？　それとも、どこか、きれいなビーチ？」

と、きいた。わたしは、少し考える。

「ビーチっていっても、観光客が多いでしょう？」

「まあ、そこそこね……」

「うーん……なんか、それも、あんまり……」

わたしは、つぶやいた。彼も、少し困った顔をしている。やがて、

「じゃ、いっそ、釣りはどうかな」

と言った。

「釣り？」

「ああ。ボートを出して、マグロやシイラを釣るんだ」

と彼。説明しはじめた。ガイドの仕事がない日、彼は魚を獲《と》って収入を得ているという。小さいけれど、ボートも持っているらしい。

「それ、いいわ。いこう」

と、わたしは言った。〈船酔いはしないか〉ときく彼に、わたしは〈大丈夫〉と答えた。日本にいるときは、よく船に乗っていたと言った。それは嘘じゃない。

「オーケイ」

と彼。わたしは、クルマの助手席に乗り込んだ。

「熊坂君っていうんだ……」

走り出したところで、わたしは言った。

「でも、名前がカツノリだから、みんな、カツって呼んでるけど」

と彼。わたしは、うなずいた。窓から入る風をうけながら、話しはじめた。自分が、西伊豆の海岸町で生まれ育ったこと。父親が漁協の職員だったこともあって、漁師の船には、よく乗っていたこと。特に、カツオが釣れる時期には、船に乗って手伝いをしたこと……。さらりと話した。

カツは、クルマを走らせながら、うなずいていた。そして、自分でも説明する。観光ガイドの仕事も、一年中あるわけではない。仕事がない日は、漁に出る。このあたりの海は、魚が多く、それを買ってくれるところもあるという。

「観光地だから、レストランも多いし」

とカツ。どんどんクルマを走らせていく。道路の両側。ホテルやレストランが、まばらになっていく……。

ホテルから15分ぐらい走っただろうか。クルマのスピードが落ちる。舗装された道路から、木立ちの中の細い道に入る。2、3分いくと、視界が開けた。海が広がっている。誰もいない砂浜。波打ちぎわから20メートルぐらいのところに、1軒の家があった。木造の平屋。南洋らしく、ペパーミント・グリーンのペンキが塗ってある。ペンキは、ところどころはがれ落ちている。

カツは、家のわきにクルマを駐めた。わたしも、助手席からおりた。

「ここ……あなたの家？」

きくと、彼は、うなずいた。

「もともと、地元の漁師が住んでたんだ。けど、その漁師は引退して、ヌーメアのアパートに越していった。いまは、おれが安く借りてる」

カツは、必要なことだけを言う。

「ちょっと待っててくれ」

と言い、家の中に入っていった。わたしは、家の前で待っていた。すぐ近くに珊瑚《さんご》のリーフがあるらしく、砂浜に寄せる波はほとんどなかった。よく見れば、細い木の桟橋《さんばし》が海に突き出している。小さなボートが、その桟橋に舫《もや》われていた。

やがて、カツが家から出てきた。半透明なビニール袋を、肩にかついでいる。中には、氷が入っているようだ。かなり重そうだった。

「手伝おうか？」

わたしが言うと、

「大丈夫」

とカツ。氷をかついで、桟橋に歩いていく。わたしも、一緒に歩いていく。

桟橋から、ボートに乗り移った。カツは、氷の袋をおろす。ボートの床にあるハッチを開けた。そして、袋の氷を、その中に、ガラガラと入れていく。そこは、もともと生け簀《いす》のスペースらしい。けれど、そのスペースを、クーラーボックスとして使っているらしい。

床下に氷を入れ終わる。カツは、操船席にいき、エンジンをかけた。YAMAHA《ヤマハ》の船外機が、高い音を響かせはじめた。わたしも手伝って、前後の舫いロープをといた。ボートは、ゆっくりと桟橋をはなれていく。

ボートは、いちおうFRP製。かなり使い込んでいる。が、小さいけれど操船席があり、ステアリングで船外機の方向を変えられるようになっていた。ボートの床には、ごつくて短い釣り竿《ロッド》が2本あった。

やがて、ボートは、リーフの切れ目を抜ける。海の色が、変わった。薄い水色から、濃い青に変わった。水深が、ぐっと深くなったらしい。けれど、波はほとんどない。カツが舵《かじ》を握るボートは、沖に出ていく……。

20分ほど走ったときだった。カツが、ボートのスピードを落とした。

わたしにも、その理由がわかった。

あたりに、鳥が飛び回っている。海鳥が、バラバラと空中を飛んでいる。日本語で言う〈鳥ヤマ〉に近い状況だ。

空の鳥には、海面近くに追い上げられているイワシの群れが見えているのだ。そして、そのイワシを下から追い上げているのは、カツオやマグロやマヒマヒだ。

カツが、ボートのスピードを、スローにした。そして、釣りの準備をはじめた。

2本の釣り竿を、両側の船べりに差す。とり出したルアーを、海に流しはじめた。ルアーは、日本人漁師がカツオを釣るときと同じ。シコイワシぐらいの小さめのルアーだ。ルアーの手前に、波を立てるための〈ヒコーキ〉と呼ばれる道具をセットするのも、日本のやり方と同じだ。

ラインの長さを少し変えた2つのしかけが、ボートの後ろにセットされた。空では、鳥が飛び回っている。

「当たったら、もう片方のリールを巻いてくれ」

カツが言った。

わたしは、うなずいた。やり方は、わかっていた。

ジーッ！

右舷《うげん》側のリールが鳴りはじめた。わたしはもう、左舷側のリールにとびついていた。早く、リールを巻きはじめた。こっちのしかけを片づけないと、魚を引き寄せるじゃまになるからだ。

わたしは、全速で左舷側のリールを巻き終える。ヒコーキやルアーを、ボートの上に引き上げた。

ジーッと鳴ってスプールが逆転していた右舷側のリール。やっとスプールの逆転が止まった。ボートも、止まった。カツが、もう、右舷の船べりからロッドを引き抜く。リールを巻きはじめていた。魚は、巨大ではなさそうだけど、そこそこ引く。

リールを巻きはじめて約3分。魚が、船のすぐ下まで寄ってきた。ラインが、真下を向いている。

わたしは、船べりから水中をのぞき込んだ。小型のマグロだった。体を横にして、水中でぐるぐる廻《まわ》っている。

やがて、リーダーが海中から出てきた。ルアーに結ばれている釣り糸の最後の部分は、リーダーと呼ばれている。釣り糸よりかなり太い糸だ。

わたしは、そばにあった軍手をはめる。海面から出てきたリーダーをつかんだ。両手で、ぐいぐいと引く。マグロは、回転しながら上がってきた。

カツは、ロッドをはなし、ギャフを握っていた。海面まで上がってきたマグロにギャフをかけた。一気に抜き上げた。

6、7キロのキハダマグロだった。日本やハワイで見たことがある。カツは、ボロ布でマグロを押さえる。シーナイフの刃をマグロのエラに突っ込んだ。

血抜きをしているのだ。釣ったマグロの鮮度をたもつために、血を抜くのだ。ボートのデッキに、マグロの血が流れはじめた。

わたしは、バケツで海水をくみ上げる。流れている血を、ザブザブと洗い流す。

やがて、血抜きが終わった。カツは、ボートの床のハッチを開ける。マグロを、氷の中に入れて、ハッチを閉じた。

「一丁上がり！」

とカツ。わたしたちは、笑顔を見せ、片手でハイタッチした。

それから2時間ほどで、6匹のマグロが釣れた。ほぼ同じサイズのマグロだった。マグロやカツオのような回遊魚は、同じサイズの群れで泳いでいることが多いのだ。

昼を過ぎると、鳥の姿が見つからなくなった。

カツとわたしは、漁をやめた。ロッドやしかけを片づける。ボートの舵を切る。30分ほど走り、リーフの間を抜けた。栈橋に、ボートを舫った。

栈橋には、白くて大きいクーラーボックスが置いてあった。そこへ、魚と氷を入れる。2人がかりで、クルマまで運んだ。午後3時近かった。

クーラーボックスをクルマに積んで、走りはじめた。ヌーメアに戻るとちゅう、コンクリート2階建ての店のようなものがあった。店の壁に、魚の絵が描《か》いてあった。あまり上手ではない絵だった。

その近くに、〈La Pêche〉という文字。カツは、クルマを駐めながら、

「フランス語で魚のこと」

と言った。どうやら、ここは魚屋らしい。カツとわたしは、クーラーボックスを、その中へ運び込んだ。

コンクリートの床。大小の箱があり、氷にのせられた魚が並んでいた。かなり大量の魚だ。ここは魚屋というより、魚市場のようなところらしい。

カツは、クーラーボックスから、マグロをとり出す。口ヒゲをはやし、ゴムの前かけをしたフランス人のおじさんに渡していく。クーラーボックスに1匹残して、5匹のマグロを渡した。

おじさんは、メモ用紙のようなものに、ボールペンで何か書いた。それを、カツに見せた。魚の値段を決めているのだろう。

カツが、うなずいた。おじさんは、すみにあった小さな缶から、何枚かの札をとり出す。カツに渡した。〈じゃあね〉という感じで手を振った。

クーラーボックスを持ってクルマに戻りながら、カツがきいた。

「どうする？　ホテルに戻る？　それとも、おれの家でマグロを食う？」

と、きいた。わたしはもちろん、

「マグロ」

と答えた。ムッシュ・久保田やカメラマンの高崎との夕食なんて、考えたくもなかった。

「オッケイ」

とカツ。わたしたちは、クルマに乗り込んだ。

「さっきのところ、魚市場なの？」

わたしは、きいた。カツは、ステアリングを握ってうなずく。

「ヌーメアのレストランや、ホテルの料理人が、あそこへ魚を買いにくるんだ」

と言った。マグロなら、生《なま》でカルパッチョにもなる。火を通してグリルにすることもできる。さらに、ヌーメアのはずれには、日本人がやっている寿司屋《すしや》もあるという。そこの職人も、マグロやカツオを買っていくとカツは言った。

「マグロだけじゃなくて、マヒマヒも、いい値で売れる」

と言った。ハワイ式に言うとマヒマヒ、つまりシイラ。姿かたちはともかく、その白身は、くせがなく、どう料理しても美味《おい》しい。わたしも、ハワイではよく食べる。

「マヒマヒは、主にフレンチ・レストランの連中が買っていくよ」

カツが言った。わたしも、なるほどと思った。フランス料理の多くは、白身魚を使う。火を通した白身魚に、さまざまなソースをかけて……というのが、定番のフレンチ・メニューだ。そういう料理に、マヒマヒは適しているのだろう。

そんなことを話しているうちに、カツの家に着いた。

わたしたちは、マグロが1匹入ったクーラーボックスを家に運び込んだ。入るとリビングルーム兼ダイニングのような部屋があった。板張りの床。窓ぎわには、木のテーブルとイス。部屋のすみには、かなりくたびれたソファーがある。CDラジカセが、床に置かれていた。男の部屋にしては、あまり散らかっていない。

「シャワー浴びれば」

とカツが言った。バスタオルを、わたしにポンと投げ、

「バスルームはあっち。おれは、マグロをさばいてるから」

と言った。

「ありがとう」

わたしはバスルームに入った。シャワーで、汗と潮を流した。バスルームを出たところに、小さな鏡があった。きょう一日で、わたしは、かなり陽灼けしていた。

いちおう、鼻には、サンブロックを薄くつけていた。けれど、何時間も太陽の下にいた。はっきりとわかるほど陽灼けしていた。けど、かまうものか、と胸の中でつぶやいていた。

このとき、わたしの中で、何かが変わったと、自分でも感じていた。

リビングルームに戻る。キッチンから出てきたカツが、

「魚をさばくのは終わった。おれも、ちょっとシャワー」

と言った。バスルームに入っていく。

20分後。わたしたちは、マグロを食べようとしていた。かなり古ぼけた木のテーブル。皿の上には、マグロの刺身が盛りつけられていた。彼の、ぶっきらぼうな口調とはうらは

らに、マグロの刺身は、きれいに盛りつけられていた。醬油《しょうゆ》と、ワサビまで用意されていた。

「チューブのワサビだけど、日本から送ってもらったんだ」

とカツ。白ワインのコルクを抜きながら言った。なるほど、ここでは、ビールじゃなくてワインなのか……。わたしが、そう思いながらワインのボトルを見ていると、

「ニューカレじゃ、ワインはすごく安いんだ」

とカツが言った。2つのワイングラスに注いだ。

「じゃ、きょうの漁に乾杯だな」

彼が言い、わたしたちはグラスを合わせた。冷えたワインを、ひと口……。そして、ワサビ醬油をつけたマグロを、ひと切れ……。

「美味《おい》しい……」

と、わたし。

「そりゃ、さっきまで海で泳いでたんだからな……」

と彼。陽灼けした顔の中で、白い歯を見せた。

「きょうのマグロは、いい収入になったの？」

わたしがきくと、カツは、グラス片手にうなずいた。そして、ゆっくりと話しはじめた。

ここには、漁をしている現地の人間も、かなりいるという。けれど、彼らは、魚の鮮度を、あまり気にしないらしい。

「魚を船に上げても、血抜きもしないし、マヒマヒのハラワタなんかも取らないし、へたすると、陽に当てたまま持って帰ってくるんだ。地元の連中のほとんどは、魚は焼いたり煮たりして食う習慣だからな……」

とカツ。そう言われて、わたしも思い出した。ヌーメア近くのどこかをクルマで走っているときだ。道ばたの露店のようなところで、魚を並べて売っているのを見かけた。魚は、カツオかマグロだったと思う。けれど、魚は板の上に、むぞうさにゴロゴロと並べられていた。この気温の高い島なのに……。

あの魚たちは、どう考えても、よく火を通さなければ食べられないだろう。

けれど、レストランでは、生の魚を使ったカルパッチョや、表面だけあぶった魚料理を出したがる。寿司屋は、もちろん新鮮なマグロやカツオを欲しがる。

「そういうレストラン関係者は、みんな、あの魚市場に仕入れにくる。だから、あの魚市場に新鮮な魚を持ち込めば、いい値で買ってくれるわけだ」

とカツ。わたしは、心の中でうなずいていた。きょうの釣りを思い返していた。釣ったマグロはすぐさま血抜きをし、氷の中に入れる。その魚のとりあつかい方も、すごくていねいだった。いまの話をきけば、理由がわかった。

3杯目のワインを飲みはじめたところで、わたしは、彼のことをききはじめた。

カツは、四国の出身。子供の頃からボードセイリングが好きだった。高校を卒業すると、ハワイのマウイ島に住みはじめた。マウイには、一年を通じて強い風の吹くホキパ・ビーチがあり、ボードセイリングの世界的なポイントになっている。

彼は、日本食レストランでバイトをしながら、マウイの海を突っ走っていたという。トローリングで魚を釣るやり方は、その頃、覚えたと言った。

マウイはエキサイティングなところだったけれど、彼には、競争が激しすぎると感じられた。ボードセイリングで収入を得ようとしたら、かなり大変だ。そのための競争やかけ引きに加わる気になれなかったらしい。

「ボードセイリングはいまでも好きだけど、それは、楽しみにしときたいと思った」

とカツ。刺身を口に入れ、ワインを飲んだ。

そんな頃、ニューカレドニアの話を耳にしたという。日本人観光客が多いわりに、日本語の話せる観光ガイドは不足ぎみ。おまけに、ボードセイリングの盛んなところでもあると聞いたらしい。確かな情報だと思えた。

そこで、彼は、赤道をこえて、このニューカレに移ってきた。観光ガイドの仕事をはじめた。

といっても、毎日のようにガイドの仕事があるわけではない。収入は限られている。

そうしているうちに、気づいた。漁をする地元の人間は多いけれど、鮮度のいい魚は不足していることに気づいたという。ためしに、知り合いにボートを借りて魚を釣った。鮮度をたもって魚市場に持ち込んだら、いい値で売れた。

これは、仕事になると気づいた。1年がかりでお金を貯め、いまのボートを買った。ロッドやリールは、ハワイの友人から中古を送ってもらった。ルアーやヒコーキは、故郷である四国の漁師が使っているのを送ってもらったという。

そうして、ガイドの仕事がない日は漁に出ているという。ここの漁師の中でも、彼ほど上手に釣り、しかも、その鮮度をたもった魚を市場に持ち込む人間は珍しいらしく、いい値で売れるらしい。

いまでは、漁の収入が、ガイドの収入を追いこしていると彼は言った。

「じゃ、これからも、漁を？」

わたしは、きいた。彼は箸《はし》を使いながら、うなずいた。

「海に出るのも好きだし、魚を釣るのも好きだ。もうすぐ、ガイドの仕事はやめて、完全な漁師になるよ」

と言って、白い歯を見せた。気候のいいこのニューカレで、毎日のようにいまのような漁をやれば、かなりな収入になるだろうと言った。部屋のすみに置いたCDラジカセからは、サザンのバラードが流れていた。

翌日も、わたしたちは海に出た。

きのうより、海鳥の動きが活発だった。舵を握っているカツが、

「でかいのが、かかるかも……」

と言った。

魚がヒットしたのは、40分後だった。

左舷側のリールが、すごい音をたてはじめた。スプールが激しく逆転してラインを吐き出している。リールから、白っぽい煙が上がっている。

カツは、急いでバケツで海水をくむ。煙を上げているリールにかけた。煙はおさまった。けれど、ラインが出ていくのは止まらない。

やがて、ラインが出ていくスピードが遅くなった。かん高かったリールの音も、少しずつ低くなっていく……。わたしは、とっくに逆側のしかけをボートに上げていた。

ラインが出ていくスピードが、じりじりとした感じになった。カツは、ロッドを握る。魚とのファイトをはじめた。

ファイトは、30分以上かかった。カツによると、あまり太いラインを使っていないので、無理をすると、ラインが切れてしまうという。彼は、汗びっしょりになりながら、リールを巻く。ときどき、魚が走り、ラインが引き出される。

わたしは、小さなクーラーボックスから、ミネラル・ウォーターを出す。ファイトしているカツに飲ませてあげる。

やがて、魚が海面に上がってきた。大きい。20キロ以上ありそうなマグロだった。わたしが両手に軍手をはめると、

「気をつけろ」

カツが言った。わたしは、うなずく。海面から出てきたリーダーを、つかんだ。手のひらにひと巻きし、引こうとした。けれど、重い。ずっしりと重い。しかも、魚は、まだ体力を残しているらしい。へたをすると、引きずり込まれそうだ。

「気をつけろ」

緊迫した声で、また、カツが言った。わたしは、うなずく。腰を下げ、じりじりと魚を

引き上げていく……。

海面のすぐ下までマグロが上がってきた。カツが、ギャフを海の中に突っ込む。マグロのエラあたりに、下からギャフをかけた。落ち着いた動作だった。

けれど、ギャフをかけられても、マグロは暴れていた。カツが、全力でギャフを握っているのがわかる。とても、一気に抜き上げられる大きさではない。

「そこに、もう1本、ギャフがある」

とカツ。一瞬、ふり向いて言った。船べりに、ギャフがあった。わたしは、リーダーをはなす。そのギャフを握った。船べりから体をのり出す。暴れているマグロ。そのエラの後ろあたりに、ギャフをかけた。

木でできたギャフの柄を通して、マグロの力が伝わってくる。

「じゃ、引き上げるぞ」

とカツ。わたしたちは、〈せーの〉と声をかけ、マグロを引き上げはじめた。じりじりと、マグロが上がってくる……。やがて、船べりをこえた。ドスッという音がして、マグロは、ボートの床に転がった。

カツとわたしは、勢いあまって、ボートのデッキに倒れ込んだ。荒い息をしながら、並んで、転がった。しばらく、動けなかった。ただ、転がって空を見上げていた。南太平洋の空と、よぎっていく海鳥……。

やがて、荒い呼吸が、おさまっていく。彼が、ゆっくりと、体を起こそうとして、

「いて……」

と言った。倒れたときに、どこかを打ったのだろうか。わたしは、

「大丈夫？」

と言いながら、彼の方に体を向けた。

「たぶん……。ちょっと背中をぶつけただけだ」

と言った。その彼の顔が、意外なほど近くにあった。目が合った。3秒……4秒……5秒……。彼の右手が、そっと、わたしの頬にふれた。

そのとき、サンオイルの香りが、わたしの鼻先をかすめた。すべてがのびやかだった年頃を思い出させる、あのサンオイルの香り……。時間が止まった。あたりが真空になった。わたしは眼を閉じた。

やがて、唇に、彼の唇を感じた。短いキス……。もう1度、短いキス……。そして、少し長めのキス……。彼のがっしりした指が、わたしの髪にふれていた。わたしの指も、彼の首筋にふれていた。

この大きさのマグロは、早く魚市場に持っていった方がいいとカツが言った。大きいほど、日本人が言う〈中トロ〉などの部分が多い。そして、魚市場で解体するのにも時間がかかる。レストランや寿司屋が仕込みにくる前には、解体したブロックを魚市場に並べる方が、高く売れるという。

わたしたちは、すぐ、ボートをUターンさせた。

わたしたちが、そのマグロを持ち込むと、魚市場のおじさんは、両手を広げ、何かフランス語で言った。そして、〈おめでとう〉という感じで、カツと握手をした。あたりにいる店員に、早口で何か指示した。たぶん〈早く、マグロをさばけ〉と言っているのだろう。

「あら、シャンパン……」

わたしは言った。カツの家に戻り、2人ともシャワーを浴び、着替えたところだった。テーブルのセッティングはできていた。きのう釣ったマグロのカルパッチョ。マグロのガーリック・ソテー。そして、冷えたヴーヴ・クリコがあった。

「大物が釣れたら、開けようと思ってたんだ」

とカツ。シャンパンの栓を抜きながら言った。きょうのマグロは、いくらで売れたのか、きいてみた。あのマグロは27キロあり、約10万円で売れたと彼は言った。

「それは、シャンパンに値《あたい》するわね」

わたしが言うと、彼は、うなずいた。2つのグラスにシャンパンを注いだ。夕方近い陽射しが、開け放した窓から入り、シャンパンの細かい泡を光らせている。CDラジカセからは、クレモンティーヌの曲が低く流れていた。わたしたちは、そっと、グラスを合わせた。

その夜、わたしと彼は、ひとつになった。

家の奥にある彼のベッドルーム。青いシーツの上で、愛し合った。彼は、けっして上手ではなかったが、優しかった。

モデルになって約8年の間に、わたしは3人の男とつき合った。みな、業界の人間だった。それぞれに洗練されていた。ベッドの上でも上手だったと思う。

そんな上手さは、カツにはなかった。けれど、それは、わたしを安心させた。そして、心をやすらがせてくれた。

真夜中のベッド。わたしは、軽く寝息をたてている彼の胸に、そっと口づけをしてみた。

すると、かすかに、ココナッツの香りがした。

彼は、夕食前にシャワーを浴びていた。ということは、サンオイルの香りは、すでに彼の体にしみついているのかもしれない……。そんなことを思いながら、わたしは、そっと眼を閉じた。アミ戸の外で、ヤシの葉が、サワサワと揺れていた。

翌日は、マヒマヒの群れと出合った。つぎつぎと釣れた。あまり大きくないマヒマヒだと、カツは、わたしにリールを巻かせてくれた。

12匹ほど釣れたマヒマヒは、魚市場に持ち込んだ。そこそこいい収入になったようだ。

家に戻る。1匹だけ残しておいたマヒマヒ。わたしは、それをフライパンでムニエルにした。レモンを搾りかけ、白ワインを飲みながら、ゆっくり食べる。

そろそろ、日本からカメラが届くはずだ。明日から、3、4日は、撮影になるだろう。

そして、撮影が終われば、帰国……。

わたしは、グラスを手に、

「また、ここへ戻ってきてもいい？」

とカツにきいた。

「……戻るって……モデルの仕事は？」

と彼。わたしは、5、6秒して、

「やめるわ……」

と言った。それは、急に決めたことではない。この2年ほど、考えていた……。最大の理由は、この仕事に退屈し、うんざりしはじめていたことだ。

モデルといえばきこえはいいけれど、やはり、着せかえ人形という部分が大きい。それが平気な人もいるだろうけれど、わたしは少し違っていた。この仕事に、ほとんど、やりがいを感じられなくなっていた。

それでも、最初の3、4年は、もの珍しさの方が大きかった。新しい仕事、新しいスタッフ、初めていくロケ地……。それが新鮮でもあった。

マンネリを感じはじめたのは、5年目ぐらいからだろう。誰かが選んだ服を着て、誰かにメイクをしてもらい、誰かの指示でポーズをとる。笑顔をつくる……。

そんな毎日に退屈し、うんざりしてきたのだ。たまたま、わたしをスカウトしてくれた片倉さんが妊娠《にんしん》して、仕事をやめた。そのとき、わたしの中で、何かがプツリと切れた。わたしを、この仕事につなぎ止めておくものが、なくなった……。

それからいままでは、いわば惰性《だせい》で仕事をこなしてきたといえるだろう。そんなとき、このニューカレドニアにきて、カツと出会った……。

そんな、わたしのこれまでを、淡々と話した。カツは、ただ、うなずきながら、きいてくれていた。

「……とりあえず、ここで、あなたと暮らしてみたい……」

と言った。彼は、しばらく考え、小さく、うなずいた。

「そう思うなら、そうすればいいよ。おれとしては、もちろん、歓迎する……」

と言った。わたしも、微笑し、うなずいた。よぶんな言葉はなし。うなずき、微笑するだけで、何かを伝えられる……。それは、幸せなことだと思った。わたしたちは、ゆっくりと、冷えた白ワインを飲んだ。窓の外から、かすかに、さざ波の音がきこえていた。

翌日からの4日間は、まるで戦場のようだった。もともとは、あと1週間あった撮影スケジュール。そのうちの3日間が、カメラの盗難で消えてしまった。

7日間で撮る予定のカットを、4日間で撮らなければならなくなったのだ。ムッシュ・久保田も、カメラマンの高崎も、眼が血走っている。

わたしは、この3日間で、かなり陽灼けしてしまった。そのことは、あらかじめ、佐智さんに伝えてあった。彼女はうなずき、わたしの陽灼けを、できる限り、ごまかしてくれた。顔だけでなく、手足の陽灼けも、かなり目立たなくしてくれた。

もっとも、ムッシュも、カメラマンの高崎も、わたしの陽灼けに気づくどころではなかった。スケジュールをこなすために必死で動き回っていた。

そんな、嵐のような4日間も、なんとか過ぎ去った。そして、帰国の日。ガイドたちのクルマで、わたしたちは空港に向かった。わたしとカツは、ごく平静をよそおっていた。

またすぐに、わたしは、ここに戻ってくるのだ。日本に帰れば、すでに決まっている撮影が2つある。そして、中目黒《なかめぐろ》に借りているマンションを引き払う、その手間にも、しばらくかかるだろう。

ニューカレドニアに戻ってくるのは、早くても1ヵ月後になりそうだ。そのことは、とっくにカツに伝えてあった。それまでは、メールでのやりとりだ。

荷物のチェック・インを終える。わたしとカツは、さりげない握手。わたしたちロケ隊は、搭乗ゲートに入っていった。

飛行機が、離陸した。

窓の外。ニューカレドニアの街並みが小さくなっていく。けれど、わたしの胸には熱いものがあった。また、ふたたび、あのサンオイルの香りがする日々に戻れるのだ。わたしが本当のわたしだったあの日々に……。そう思うと、気持ちが、はずんでいた。

やがて、飛行機は、上昇しながら、コースを変えていく。少し傾いた機体のシートにもたれて、わたしは思った。こんな大きなジェット機だって、必要なら、コースを変えるのだ。わたしの人生のコース変更など、どうってことはないさ……。そう、自分に言いきかせた。

窓の外。ニューカレドニアの海岸線が、ゆっくりと遠ざかっていく。わたしは、以前、ロケでいったスペインで覚えた〈さよなら〉の言葉を思い出していた。そして、〈少しだけ、アディオス……〉と胸の中でつぶやいていた。眼を細め、どこまでも青い南太平洋の海を見つめていた。

あとがき

人が持つ五感の中で、僕は嗅覚《きゅうかく》がわりと敏感だと思う。つまり、香り、匂いに対する感覚だ。

それは夏のはじめだった。そろそろカジキ釣りのシーズンがはじまろうとしていた。早朝の海。僕はクルーたちと一緒に三宅島をめざしていた。黒潮が三宅島に接近していた。大物と出会える可能性がありそうだった。といっても、三宅島は、そう近くはない。夜明けに葉山マリーナを出て、4時間近く走らなければならない。

海は穏《おだ》やかだったけれど、その日は視界が悪かった。僕は、コンパスとGPSをたよりに、船を走らせていた。見渡せる限り、海だけが広がっていた。

GPSで見ると、三宅島まであと5キロというところまでやってきた。

そのときだった。僕は、風の中に〈陸地〉の匂いを感じた。それまでの海風の中に、かすかだけれど、陸の匂いを感じたのだ。陸の匂いがどんなものか、説明するのは少し難しい。広大な海の匂いとはちょっと違う。植物や土の匂いとでも言えば、近いだろうか。

とにかく、陸の匂いを感じながら僕は船の舵《かじ》を握っていた。もやっていた視界の中に、三宅島のシルエットが見えてきたのは、それからしばらくしたときだった。

あれは、僕がまだ20歳代の頃だった。広告のロケで、初めてロサンゼルスにいった。少し長いロケになるので、僕らはまずスーパーマーケットにいった。食料品などを買い込むためだ。

暑い駐車場から巨大なスーパーに入ったとたん、僕は独特の匂いに包まれていた。それは、主にエアコンの匂いだと思うのだけれど、〈アメリカのスーパーマーケットの匂い〉としか表現しようのないものだった。

サンタモニカ海岸の風景よりも、広大なＬＡの街並みよりも、そのスーパーの匂いに、僕は〈アメリカ〉を強く感じたものだった。

このように、さまざまな匂いや香りと、僕は出会ってきた。

中学生だった頃、気になっている同級生の娘《こ》から漂ってきたリンスの香り……。

8月の終わりの砂浜。海風の中に、かすかに感じる秋の匂い……。

僕にとっての〈人生の断片《スライス・オブ・ライフ》〉は、そんな香りたちに包まれていることが多かったと思う。

そこで、今回、香りというものをモチーフにした恋愛小説を書いてみようと考え、ペンを握り、4編の小説を書き上げた。

モチーフとなる香りは、さまざま。ジャスミンの香りがするオーデコロンというリーズナブルなものから、意外なものまで、4種類。

それぞれの舞台も、葉山、ニューヨーク、シンガポール、ニューカレドニアの4ヵ所。

どの場所で、どんな香りが漂い、どんな恋愛が展開するのか、それは、ページをめくるお愉《たの》しみにしておきたい。

ただひとつ言えること……。それは、どの小説にも、男の小説家である僕から見た〈いい女たち〉が登場することだ。恋愛のなりゆきはもちろんだけれど、彼女たちが選択し、決断していく生き方そのものにも目を注いでほしい。

そして、彼女たちの人生の選択の、どこか一部にでも、読者のあなたが共感してくれたら、作者としては嬉《うれ》しい。

いつもながら、わがままな作者と根気よくダブルスを組んでくれた角川書店編集部の加藤裕子さん、お疲れさま。今回も美しいデザインをしてくれた、角川書店装丁室の都甲玲子さん、サンキューです。

そして、この本を手にしてくれた、すべての読者の方へ、ありがとう！　また会えるときまで、少しだけグッドバイです。

夏に向かう葉山で　喜多嶋　隆

〈喜多嶋隆ファン・クラブ案内〉

〈芸能人でもないのに、ファン・クラブなんて〉とかなり照れながらも、熱心な方々の応援と後押しではじめたファン・クラブですが、はじめてみたら好評で、発足して11年目をむかえることができました。このクラブのおかげで、読者の方々と直接的なふれあいができるようになったのは、僕にとって大きな収穫でした。

〈ファン・クラブが用意している基本的なもの〉

①会報――僕の手描き会報。カラーイラストや写真入りです。近況、仕事の裏話、ショート・エッセイ、サイン入り新刊プレゼントなどの内容が、ぎっしりつまっています。

②『ココナッツ・クラブ』――喜多嶋が、これまでの作品の主人公たちを再び登場させて描くアフター・ストーリーです。それをプロのナレーターに読んでもらい、洒落《しゃれ》たBGMにのせて構成したプログラムです。CDと、カセットテープの両方を用意してあります。

すでに、「ポニー・テール・シリーズ」「湘南探偵物語シリーズ」「嘉手納広海シリーズ」「ブラディ・マリー・シリーズ」「南十字星ホテル・シリーズ」、さらに、「CFギャング・シリーズ」の番外篇などを制作して会員の方々に届けています。

プログラムの最後には、僕自身がしばらくフリー・トークをしています。
③ホームページ——会員専用のホームページです。掲示板、写真とコメントによる〈喜多嶋隆プライベート・ダイアリー〉などなど……。ここで仲間を見つけた人も多いようです。

さらに、
★年に2回は、葉山マリーナなどでファン・クラブのパーティーをやります。2、3ヵ月に1度は、ピクニックと称して、わいわい集まる会をやっています（もちろん、すべて、喜多嶋本人が参加します）。関西など、地方でも、本人参加のこういう集まりをやっています。
★当分、本になる予定のない仕事（たとえば、いろいろな雑誌に連載しているフォト・エッセイ）などを、できる限りプレゼントしています。他にも、雑誌にショート・ストーリーを書いた時、インタビューが載った時、FMなどに出演した時などもお知らせします。

★もう手に入らなくなった昔の本を、お分けしています。
★会員には、僕の直筆によるバースデー・カードが届きます。
★僕の船〈マギー・ジョー〉による葉山クルージングという企画を春と秋にやっています。
★僕の本に使った写真をプリントしたTシャツやトレーナーを毎年つくっています。
※その他、ここには書ききれない、いろいろな企画をやっています。興味を持たれた方は、お問合せください。くわしい案内書を送ります。
会員は、A、B、C、3つのタイプから選べるようになっていて、それぞれ月会費が違います。
A——毎月送られてくるのは会報だけでいい。
〈月会費　600円　12ヵ月ごとの更新〉
B——毎月、会報と『ココナッツ・クラブ』をカセットテープで送ってほしい。
〈月会費　1500円　6ヵ月ごとの更新〉

C——毎月、会報と『ココナッツ・クラブ』をCDで送ってほしい。
〈月会費　1650円　6ヵ月ごとの更新〉

※A、B、C、どの会員も、これ以外の会員としての特典は、すべて公平です。
※新入会員の入会金は、A、B、Cに関係なく、3000円です。

くわしくは、左記の事務局に、郵便、FAX、Eメールのいずれかでお問合せください。

住所　〒249-0007　神奈川県逗子市新宿3の1の7　〈喜多嶋隆FC〉
FAX　046・872・0846
Eメール　coconuts@jeans.ocn.ne.jp

※お申込み、お問合せの時には、お名前と住所をお忘れなく。なお、いただいたお名前と住所は、ファン・クラブの案内、通知などの目的以外には使用しません。

本書は書き下ろし作品です。

君《きみ》はジャスミン

喜多嶋《きたじま》 隆《たかし》

平成21年 6月25日　初版発行
令和7年 7月15日　4版発行

発行者●山下直久

発行●株式会社KADOKAWA
〒102-8177　東京都千代田区富士見2-13-3
電話　0570-002-301（ナビダイヤル）

角川文庫 15751

印刷所●株式会社KADOKAWA
製本所●株式会社KADOKAWA

表紙画●和田三造

ISBN978-4-04-164646-5　C0193

◆◆◆

角川文庫発刊に際して

角川源義

第二次世界大戦の敗北は、軍事力の敗北であった以上に、私たちの若い文化力の敗退であった。私たちの文化が戦争に対して如何に無力であり、単なるあだ花に過ぎなかったかを、私たちは身を以て体験し痛感した。西洋近代文化の摂取にとって、明治以後八十年の歳月は決して短かすぎたとは言えない。にもかかわらず、近代文化の伝統を確立し、自由な批判と柔軟な良識に富む文化層として自らを形成することに私たちは失敗して来た。そしてこれは、各層への文化の普及滲透を任務とする出版人の責任でもあった。

一九四五年以来、私たちは再び振出しに戻り、第一歩から踏み出すことを余儀なくされた。これは大きな不幸ではあるが、反面、これまでの混沌・未熟・歪曲の中にあった我が国の文化に秩序と確たる基礎を齎らすためには絶好の機会でもある。角川書店は、このような祖国の文化的危機にあたり、微力をも顧みず再建の礎石たるべき抱負と決意とをもって出発したが、ここに創立以来の念願を果すべく角川文庫を発刊する。これまで刊行されたあらゆる全集叢書文庫類の長所と短所とを検討し、古今東西の不朽の典籍を、良心的編集のもとに、廉価に、そして書架にふさわしい美本として、多くのひとびとに提供しようとする。しかし私たちは徒らに百科全書的な知識のジレッタントを作ることを目的とせず、あくまで祖国の文化に秩序と再建への道を示し、この文庫を角川書店の栄ある事業として、今後永久に継続発展せしめ、学芸と教養との殿堂として大成せんことを期したい。多くの読書子の愛情ある忠言と支持とによって、この希望と抱負とを完遂せしめられんことを願う。

一九四九年五月三日

角川文庫ベストセラー

Missハーバー・マスター　喜多嶋　隆

鎌倉ビーチ・ボーズ　喜多嶋　隆

ペギーの居酒屋　喜多嶋　隆

海よ、やすらかに　喜多嶋　隆

賞味期限のある恋だけど　喜多嶋　隆

小森夏佳は、マリーナの責任者。海千山千のボートオーナー、ヨットオーナーの相手をしつつも、ハーバー内で起きたトラブルを解決している。そんなある日、彼女のもとへ、1つ相談事が持ち込まれて……。

住職だった父親に代わり寺を継いだ息子の凜太郎は、気ままにサーフィンを楽しむ日々。ある日、傷ついた女子高生が駆け込んで来た。むげにも出来ず、相談事を引き受けることにした凜太郎だったが……。

広告代理店の仕事に嫌気が差し、下町の居酒屋に飛び込んだペギー。持ち前の明るさを発揮し、寂れた店を徐々に盛り立てていく。そんな折、ペギーにTVの出演依頼が舞い込んできて……親子の絆を爽やかに描く。

湘南の海岸に大量の白ギスの屍骸が打ち上げられる事件が続いていた。異常を感じた市の要請で対策本部に呼ばれたのは、ハワイで魚類保護官として活躍する銛浩美。魚の大量死に隠された謎と陰謀を追う！

NYのバーで、ピアニストの絵未が出会ったのは、脚本家志望の青年。夢を追う彼の不器用な姿に彼女は惹かれていくが、彼には妻がいた……恋を失っても、前を向き凜として歩く女性たちを描く中篇集。